野水之烟文集

冯梅 著

风华在旷野
上演一出戏剧

群众出版社
·北 京·

目 录

诗 歌 / 1

散　文 / 119

诗 歌

一天的生活就从这里开始（组诗）

一　白杨树梢上的红霞

北京。清晨。
树梢间的阳光是金黄色的。
迷彩催动脚步，
军营里洋溢着温暖情愫。
抬起头望向天空，
白杨树梢上抹去柔媚，漫天红霞，
好似让人惊喜不已的容颜。
驻足不过是一段人生，
禅悟却不在此时生烟。
应该是用信仰来装点艰苦的躁动，
我自认为，
军训的生涯，一如清晨的红霞，
会在若干年后，
形成一种记忆，
不能忘记，亦不能破碎。

2004 年 10 月 12 日

二　深蓝涌动

阳光在空旷的操场上炽热，
一天的生活就从这里开始。
幽深温馨雅静的公大校园，
深蓝涌动。
满眼的蓝制服啊，
眩晕了生涩的目光，
以及通向西区的水泥路面。
看着深蓝，
每次经过那条通往西区的路，
都会发现，深蓝，
核桃林与白杨树争夺黑喜鹊的舞蹈，
我开始喜欢，公大紧张却充实的节奏。

2004 年 10 月 19 日

三　面容为黑喜鹊的经过而动容

在这空气中，
我茫然无助。
任泪水洒落在，公大校园
午后林荫树间干爽的风里。
注视着红色围墙上斑驳的树影，
听见，黑喜鹊的叫声，
间或在沙沙的风声里起起落落。
忽然，
一只喜鹊独自展翅从校园林荫道上空飞过。

风于是拂干了面容，
面容为黑喜鹊的经过而动容。

2004 年 10 月 26 日

四　雨后公大

青翠的草地，
通透的空气，
温暖的阳光，
安静的街灯，
雨后的公大校园，
就这样，别有一种清丽与妩媚。
喜鹊也穿过清透在头顶飞过，
悠长节奏的鸣叫声，
滑过林间的阳光碎影。
有黄黄绿绿的斑驳在绿草地上方的阳光里美丽。
当黑喜鹊展开纯白的翅膀在林间滑翔而过的时候，
偶有片片黄叶飘落。
一条小狗悠闲地在林荫小道上踱着步，
转首，它又在林间草地上轻快地跑过，
且不管，高大的白杨树上一个雅致的鸟窝落下一片草屑。

2004 年 10 月 31 日

我不能想念（组诗）

一　尘埃落定

天空被阴霾笼罩，
好大的风推着黄叶，在
还有些绿意的草地上翻飞。
一片金黄色的梧桐树叶，
被风吹得贴在了篮球场护栏网上面。
但是，
远远的，他的眼睛里的笑容在脸上明朗，
一种心意相通，尘埃落定。
我自私地压抑着心中意外惊喜的幸福，
只任凭他深蓝色警服洒脱的身影，
在脑海里渐渐清晰。

2004 年 11 月 10 日

二　记忆，总是如此仁慈和美丽

天边浅浅粉紫的朝霞，
也许已是北京初冬最美的色彩了。
再稍后，温热的阳光就可以照着我的面庞。

那些白杨树通常不会在冬的场景里发出声响，
所以我会让对面楼角亮白的夕阳，
晕染着耀眼温润的光芒，
一直等到宽大的落地窗，夜空，
那一端的公路有车灯闪过，
呼啸出一些让心沉入渊底的对白。
我不解释，
我傻傻地以为，对白真的不需要解释。
可是，景色却让欺骗蒙尘了双眼。
我只记得北京初冬最美的色彩了，
记忆，总是如此仁慈和美丽，
不与时间较量。

2004 年 11 月 20 日

三　思念被想念缠绕

他，出差去了。
我的心开始隐隐作痛。
思念就像白杨树叶，
在路边飘落了一地的碎片。
树木如此安静。
踏着碎叶，阳光，
倾听叶雨忽然在面前坠地的声音。
我就在阳光里伫立，
那种坦然的想念，
让我从未有过的安定。
风在暖阳里柔美，飞扬，
就这样，思念被想念缠绕。

2005 年 1 月 30 日

四　你的名字在今夜，碎了

我看见自己的心情在风中破碎，
飞扬起一缕缕的落寞。
矛盾着痛，
想念你。
泪流满面，
依然记得晨风烈烈心碎的声音，
你的绝然，那样冰封了我门扉开启的世界。
你深蓝警服飒爽的身影凝定，
我不能擦拭暗夜中滴落的泪水。
你的名字在今夜，碎了。

2005 年 2 月 2 日夜

五　傍晚，是一袭静思的幕

枯草肯定已经开始返青，
白杨树干在蓝色百叶窗帘半垂的窗外静默。
远处一只喜鹊掠过翠柏，
寥寥枯叶在树下草地翻飞。
没有夕阳，柔紫的晚霞在我心里渐渐远去。
是否那才是最近的距离，
我的心绪在静谧中飞散。
黑喜鹊低空滑行在公大的柏油路面，
晚霞在雅致的灰色中蔓延开去。
温润涂抹霞光，
西区教室外的墙壁泛上橘暖光晕。

东边体育场的边沿，
在霞光中亮白着清晰。
喜鹊不停地鸣叫，
想着那期然而遇，
明明是已久的陈酿美景啊，
傍晚，是一袭静思的幕。

2005 年 3 月 7 日

六　北图即景

高大的树影在水中摇曳，
垂柳拂起阳光，温热着清丽面颊。
黑喜鹊飞到彼岸，翘着小尾巴鸣叫。
这个早晨，
北图的桃花开了。
粉红碎紫演绎出一种柔媚，
淡淡的清风却在早晨温润的阳光中曼妙出另一种舞蹈。
它们都没有注意到，
空气中弥漫着青草的味道，
有一树白色的花也在开放，
那是纯纯的气质，同样，是一种柔媚。

2005 年 5 月 3 日

七 晚春

阶九[1]外的紫丁香在午后的阳光里妩媚着摇曳，
窗外的空气净得似乎可以闻到一股清雅馨香的味道。
白杨树叶婆娑起舞，
一声鸟鸣，婉约声脆到百转柔肠。
天蓝得那样通透，
冬青的嫩黄和草地的翠绿，
则携起手预谋揉碎傍晚的风。
怎么，
起风了吗？
那种晚春温热里的清爽和窗外枝叶飞舞的宁静，
总会让人想起那一转身的柔情，
却忘记了疼痛。
了无人迹的校园里，
听得见风掠过地面的声音。
拂一拂短发飞扬，
碎影散落，
槐花柔白馨香，沁着公大每一缕想念。
忽然想起最初阶九外的紫色丁香开放，
是哪一种馨香扰乱了晚春的思绪？

2005 年 4 月 14 日

八 冷寂的春天

如果说晨雨也无法浇熄心中的狂野，
那就把紫藤花碎了吧。

---

① 指的是第九号阶梯教室。

散落一地的无奈，
或许可以终了冷寂的春天。

2005年5月5日

九　风掠过耳畔

试着离开却忍不住想你，
拥挤的人群里看不见你漾在嘴角的笑容。
风拂过耳畔，
你在哪儿?
你眼睛里的柔情深过公大校园的风景，
千里的距离够不够想你。
我以为可以甩甩头发了无牵挂，
为自己的前途奔忙，
可心里的痛却在疯长。
做不到无所谓，
你的声音是我最幸福的所在。

2005年5月12日

十　难舍

梳妆镜里看得见粉红色窗帘外的风景，
梧桐树叶随风摇曳着看不见的落寞。
难舍你一转身的柔情，
你眼中的忧郁。
红尘里一往情深，
不敢想你，

生怕深情难自禁啊。
因为你的肩是我的期盼，
你的爱是我的永远。
走过你身旁的温柔，
那样艰难，维系着你我不舍的天空。

2005年5月13日12时22分

十一　你的

你的笑容我的幸福，
夏季午后特别凉爽的风。
因为眷恋，温柔，
感觉，怎么那么浓，
一抬头就看见。
风在舞，
阳光在跳。
眼前，
却是警服灰的身影飘逸，
飒爽出一路风景。
我的心，
人群中步子那么飞起来。

2005年6月1日

十二　心情

眼看不见就可以忘记核桃林的绿吗？
笑看着蓝色天空的清风吹拂，

在天地间伫立，
我撕碎了心情，掉入消散的夜雨中。
保留着与你的距离，
向前，思念落在泥土里。

2005 年 6 月 6 日

十三　我在这里

风吹起心绪波影晃动，
粉百合的希望，闭上眼睛都看得见的馨香。
忽然明白咖啡也会有咸和甜，
我在这里，
熟悉的城市陌生的空气。
你知道吗？
每当我累了，
空气里就会有你微笑。
每当我哭了，
你的声音就会在心里燃起希望。
轻轻快快地踏着清晨的匆忙，
我该用怎样的方式，
让你安心？
给我答案，
勇气。

2005 年 7 月 24 日

十四　叹息

累啊，都不想再去哭泣，

天是蓝的，
雨是清冷的，
今天刮什么风。
过街天桥上的步履，
散散落落了叹息。

2005 年 7 月 27 日

十五　思念

转椅上的思念旋转着丝丝浓烈，
幸福沙粒在寂寞中翻飞。
记忆缠绕，片段散淡，想起指尖轻触滑过的旋律，
夜深难过你的照片不肯抬头看。

心憔悴一夜一夜，
伤感着幸福，
心扉敞开为你守候，多想立刻回到你身旁。
泪落在唇边，
风筝再远再高线还在你手上。
沙粒堆成洲，
支离破碎我还在你的视线里。

2005 年 8 月 1 日 23 时 41 分

十六　夜雨无痕

夜雨里你看不见我的孤独，
泪就那样决了堤。
想你哭痛了，心整夜不眠，
恍惚容颜在神情里浮现。
放不了的心情想见你，
天地旋转，
心撕裂了，
怎么舍得我在风雨中飘。
我爱你，
你却任我泪流满面。
你的肩膀那么宽厚怀抱那么温暖，
我却不能依靠。
爱我就为我擦去泪，
你却做不到。

2005 年 8 月 4 日

十七　地下铁的风

地下铁的风飞扬起发丝，
泪在手心里翻飞。
放自由飘散，
爱决堤。
暴雨倾泻我以为，
雨后天晴了会有永远。

2005 年 8 月 12 日

十八　似是而非

我坐在陶然亭的堤岸，
翠柳轻拂，
隐约还有百合的馨香。
陶然亭歌舞恍若隔世，
想起那幅《希腊海岛》的画，
湛蓝的海水，
柔媚斑斓色彩的悬崖峭壁，
都感觉得到清冽的海风吹拂。
眼前，
陶然亭游人步履欢快，
水声悦耳。
心情在水面散淡，
脚下，
清风微凉。
让发飞舞，
乐曲在耳畔撒落了，几枚青果。

2005 年 8 月 24 日

十九　你有没有看见正午清冷的心情

除了眷恋，
你有没有看见正午清冷的心情，
也许永远只有沉默滴落。
你有没有听见，
风拂过耳畔的声音。

我在，
我让自己的心在那片风中再落一落，
好将那丝温暖再拥入怀中，
不能飘飞。
你却让我漠视正午，
把寂寞藏进天边浅色粉紫朝霞里，
不再去想那后面的烟尘。
什么车辙隆隆，
碎叶飞扬。

2005 年 10 月 2 日正午

二十　爱你

忘记云淡风轻，
也忘不了当初为什么在一起。
忘记傍晚橘暖夕阳，
也忘不了曾经身旁拥暖的深情。
太多忘不了，
沉默之后泪滑落。
伤害迷失了，
橘暖里黑喜鹊，
不想闪躲爱的枷锁。

2005 年 12 月 26 日

二十一　记忆（外一首）

想起冷风中你散乱的眼神，
还有你，为我伫立的身影。

忘了吗?
怎么飒爽出一路风景呢。
怎么了，悲情会掠过脚步，
你为什么把沉默丢在我心里。
还记得吗?
公大西区的路那么漫长。
核桃林的绿色碎了，
还记得吗，
我的爱人。

2007 年 7 月 29 日

那片风掠过一叶记忆的凉

秋日的落叶，
在温热的阳光下，
泛着亮白的光。
风暖着拂面，
墙外车来车往。

不能想念，
我只好假装恨你，
也不愿看你难过地别过眼神。
风吹过了，
空气那么暖。

美丽的情感，
怎么说才能明白。
那样浓烈，
是不是很傻，谁能够知道。
愿意待在你身边，
无悔，才会漫漫守候。

突然的落寞，
想你的心情，
起起落落了窗外的树影和山峦。
太多不舍，
才知道寂寥守候的幸福，

哪怕是一瞬间的柔情呢，
也只在你的身旁才会有，
不悔守候。

累了吗？
就想靠着你的肩膀，
在你的怀里。
爱你啊，
你却硬着心肠任我在风中飘荡。
清寂的尘埃，
何时才能在你的掌心呢。
那颗耀眼珍珠，
落在了一片叶上，
就那样在风中碎了。

2005年11月10日11时41分

想 你

想你风中的沉默，
想你经过身旁的温暖，
想你轻握手碰触弥漫的心情。
爱你烈烈清晨里黑喜鹊冲上云霄，
多想轻抚你的面颊入你的怀中，
怎么说才能永远。
记得你，伤痛的眼神弄乱了发，
多想抱着你灼疼了心滑落了热泪在你的肩膀。

想你暴怒中的温柔，
想你自尊折磨混乱的深情，
想你孩子气着想要原本就是你的心疼。
爱你烈烈清晨里黑喜鹊冲上云霄，
多想轻抚你的心绪入你的怀中，
怎么说才能永远。
看着你，伤痛的眼神弄乱了发，
多想抱着你灼疼了心滑落了热泪在你的胸膛。

2005 年 11 月 25 日

记 忆

你看窗外的灯光多么暖，
冷了膝上的棉衣清凉。
你看想你的心痛了多么冷，
碎了山间的泉水声呢。
落在风里的印迹，
撕碎了被偷去的“记忆”，
你的名字在林梢寂寥。
该怎么说啊，我的爱人，
你的蓝色身影就那样在眼前，停留。
你是我的，还记得吗？
晨曦里你的声音轻拂着我的每一丝笑容。
那是谁也夺不走的思念。
深夜里拥暖着追忆寒凉。
我的爱人，听那乐曲在空中漂浮，
还记得吗？让我们彼此拥有的距离，
坚持在黑喜鹊飞舞的路上，
你还在吗，我的爱人。

2007 年 3 月 11 日 23 时

我把想念埋进满是腐叶的土里

风正轻，林已青了树梢，
夕阳模糊了，
傍晚在素白暮色，眼前，美丽了风景。
我想念你，
却把想念埋进满是腐叶的土里。
别再回头了，
我的爱人。
向前走吧，好吗?
我仍然爱你。
只是你要明白，
放开了手，
记忆已经失去色彩。
向前走吧，好吗?
我的爱人。
我已忘记了那时的天气，
我已学会记住一种心情。
就像夏季的玉兰花香，
清雅地飘荡在身旁。
何不走一路青石飞花，杨柳香樟。

2009 年 2 月 23 日

眷恋你的身旁淡紫变作雨[①]

我的爱人，你可曾记得，
你送给我的那束风景。
很久以前它失落了，
飘向浓雾的山峦在山涧飞舞。
我的爱人，你可知道，
那束风景有七种淡紫变作雨，
掉落在天边深处化作橘暖再也无处寻找。
它在何方你可知道，
就像你的身影我再也看不到。
只有那风景是我珍爱的，
可是风不在了雾散了白絮吹啊，
我的爱人，眷恋你的身旁淡紫变作雨。

2009 年 3 月 17 日 20 时 08 分

---

① 《草帽歌》触发了此诗的创作灵感。

那里有梧桐花正在开放

从办公室望向边远，
那里有梧桐花正在开放。
渐近渐远的绿色中，
梧桐花朵犹如一丛素紫烟云，
再一丛，雅致着临近中午的心情，
散淡。
微有些清冷，
但阳光明媚。
喜鹊飞过广告牌，
展开的翅膀，
素白与黑色在理想国里盘旋，
清澈空气，然后飞上云霄。
我微微笑着，敞开窗，
让风进来，清凉。
那梧桐花的景色仿佛看见了我的眼神，
近了一些，又一些，
终于，在我心里，落地生根。

2009 年 4 月 21 日

回首，看见了眷恋

我们在放逐脚步，
哪怕是一瞬间的停留，
也不能停止前进的期盼。
于是，回首，看见了眷恋。
而眷恋却在观察春天的高速公路，
匝道旁的草坡上开满了黄色的花朵。
流云下还有喜鹊飞过高速公路，
就如同你执起云影安睡，
洒落一路水样柔软通透，心情。
但，眷恋也只能是，一种情绪。
看不见，又何苦遥遥相望看不见的距离。
不过是风在窗外呼啸，无声的一些痕迹，
在与服务区的那三面旗帜一同好看地舞动。
再蔓延过去，都是树的绿色和远处的山丘，
间或还有玉兰花的芬芳，
以及货车驶过高速公路沉重的声音。
所以，眷恋应该退去，
我们只放逐脚步，追逐野草坡开满黄色花朵的流云，
并郑重珍藏，那一世的安然，寂寥。

2009 年 5 月 25 日

近傍晚的院落

坐在风中，
快乐着眼前的风景。
光线微暗，
阳光已淡去。
于近傍晚的院落，
我安逸地思想。

葡萄藤攀缘上屋顶，
怅然地生长着旺盛的枝叶，
和期盼着希望的葡萄。
风中摇曳，
那是下午散落在风中的思绪。
风声微摇。

2009 年 5 月 28 日

淡淡阳光的午后

真想与流云一道飘走，
去享山野闲风，草没膝踝。
淡淡阳光的午后，
我还有这样的时光却不能忧伤。
风知道，岸的终点不在这里，
那曾经说起过的港湾却没有花落了的馨香。
于是喜鹊掠过窗，告诉左岸未必有蔷薇，
我便快乐地听车驶过高速公路沉重的乐章。

2009年6月3日14时50分

为爱失去你

粉红色的小花在草间轻摇，
有你的日子我不会哭。
听雷滚落山坡，
如果你不在，
天怎会蓝得有白云。
我为你选择枷锁，
心枯了山谷滞留着，
让我在天涯飞翔不去忧伤。

2009 年 6 月 14 日下午

途中停歇的唱和

有太多的回忆不曾流连，
幸福满溢时，
又有谁知，
那处风景的叶舞云飞。
我们曾在，
现在亦在，
那一袖的清凉在水中回响，
途中停歇的唱和。
好似夜空里一些薄云中的月亮，
恰有微风凉爽，
却不能阐述幸福的转弯啊。
是有风景不能哭泣，
是有一扇门旁落满枯叶，
那样的风景荒凉得不忍在心上落下痕迹。
还是不要流连吧，
挥一挥手，丢一方淡紫手帕，
要去的终点，才可以捧住一页想要的结局。

2009年6月17日

我在这里

我散去了心情，
找回山野的快乐。
今生有你的魂在身旁，
就不会感伤着品那杯苦咖啡。
还有和风使喜鹊飞舞，
不是吗？
杨柳枝轻轻飞扬起清晨的寂寥。
我在这里，等你的出现。

抹去尘埃，
那一方窗台是目光深处的守候，
我的身影在你的风景里，不会孤独。
花儿在坡上摇曳，
你还在核桃林边眺望我们经过的路，
另一处的云没沉落。
我在这里，等你的回首。

有水的地方就会有吉祥，
是这样吗？
清澈的河水静静淌过山脚，
小提琴奏起跃动的音符。
你还在，

那左岸的玫瑰一定还在怒放，
花落的早晨，
有一瓣馨香的风笺给你。
我在这里，等你的相伴。

2009 年 6 月 24 日晚

风微凉着溜进窗

蝶在叶上轻曼，
风微凉着溜进窗。
蝉鸣，这样的夏。
是不是，
有那么一种等待，
终究会等来一个人的醒悟。
只要等得了，
那朵花一定会为你开放。
风吹着短短的衣衫，
这个时候很是凉爽，
而我不会无端思绪。
院子里的空地上，
因为有雨的积水，
所以很清亮的透彻，
透彻到倒映着树的影子。
那么心呢？
会有树的影子吗？
不过，食堂门口的木瓜树倒是愈发显得特别的翠绿，
远远看去，新结的果子独自在枝叶间露着嫩黄的头。
风拂过，树叶湿润的馨香，
于是想探望秋将来到的故事，还很遥远。
灰灰的天空，
鸟飞上屋顶。
雨似乎干透了呢，
空气的凉爽却仍还含着水的魂魄，不舍。

2009 年 7 月 6 日

眷恋

那儿有丛紫丁香是吗？
想像着即将到来的聚会，
我轻摆着微风，细数过往的飞絮。
还是那年，
你携带着绝望之果坠入深渊的时候，
我没有在你的身旁。
那道门藏着那么多的叶落，
而我却深爱着这所校园。
看着路伸展而去，
你的脚步常常惊醒晨的容颜。
我不想说，
你在那里。
我的心还会因那处景致的清丽而快乐。
眸在晴空中透彻，
你看流云像轻纱一样美丽，
再伫立一次吧，
这是我们亲爱的家园。

2009年7月11日16时56分

如果我告诉你这片风的景

风吹起轻纱，
没有声音。
水中倒影，
有三种色彩温暖。
可能那片风影，
是向自己闪躲落下的泪滴。
是这样吗？
不然你怎么会飘散了化作云。
我在等，彼岸花开。
让此岸架起一座桥，
回到你身边感觉爱。
然后你的眼里，
我还能再唱起那首歌。
这处景车辙清晰于往昔，
我看到你说天很蓝。
你的肩仍然那样宽阔，
不舍再回来忘了记忆忧伤。

或者你在望着路途，
把目光柔软了变作等候。
我会拥暖了你的深情，
舞起风叶直到满是安宁。

2009 年 8 月 1 日 17 时 14 分

为了我们伟大的祖国

我站在路边望着来往的车流畅想，
我在漆黑的夜幕里穿行。
这是蓝色身影的神圣，
是我们为人民无法推脱的责任。
很想念温暖和家的安宁，
但不能留恋清晨粉彩的霞光。
因为我们在这里，
罪恶就不会露出狰狞的冰冷。

唯有如此走着吗，
才能感动这片热土。
我辈这样指向苍穹，
如果你不能搏击勇气，
心中就不会停驻忠诚。
看一看吧，
风中有金色盾牌在闪烁，
叶落在溪上，
我们还有一方天空非常蔚蓝。

花色烂漫，我们的心还在唱一首歌，
前方的黎明正等我们去挥洒执著。
那些金盾筑起一道长城，
我们也有眼泪堆起一池清澈的湖水。
你的胸膛袒露着真诚，

或许我们能够不说再见坚强地面对离别。
那一刻我们才发现，
还有一种情感是最纯粹的战友情。
所以太阳升起的时候我们一起看到，
漫漫长征路延续到我们脚下，
多想啊紧紧抓住先辈的手，
一直走到那光辉的最顶峰。

烈烈风语里，
我看见你渐行渐远的身影，
不曾软弱坍塌的墙垣。
清冷的街头路旁你坚毅地伫立，
不语望着朝晖满天空。
还能说什么呢，
我们身后是强大的国家机器。
我们在为人民服务的使命里行走，
我们消除一切罪恶，
那蓝色身影仿佛就在金盾的光芒中清冽向前。

2009 年 8 月 13 日 9 时 43 分

秋 歌

风在秋歌里吟唱，
我走进去不忍背离。
而门在西山墙紧闭一院的景色，
于是天空只好阴郁着叹息。

看着秋芸豆疯长挂满了树梢，
再让山枣树叶落满了心里。
要怎样才能使记忆不会淡去呢，
你无语在路上沉默只是留下背影执著。

捧着叶的枯黄，
任秋风吹走一地最后的尘埃。
可还是有落下的情感久久不愿离去风的颂歌，
所以我悄然走去把断枝折成柴禾放进了炉膛。

2009 年 9 月 5 日 9 时 20 分

秋 语

我走着看着风景，
叶，在脚下枯黄。
太阳还在眷恋夏的怅惘，
不停歇地晒热通往远处的清朗。
有风的秋天，
我这样想着你的身影，淡然。
只是走不出等你的落寞，
这一季的风凉了就在心底深处倾诉衷肠。

2009 年 9 月 5 日 13 时

不得归途

空气中弥漫着一股馨香，
风拂在面上，柔和。
核桃叶舞动着缝隙跃动一曲心灵的悲歌。
你还在那里停留，
而我却消失在了茫茫人海中。
曾经的浪漫已成为往昔悲凄的故事，
你还会讲述给谁听呢?
人们总是喜欢带伤的美，
像一处景致里美丽的魂灵在低吟徘徊却不得归途。
野草坡上的白杨树注定只是过客，
仅供悲歌描绘沙砾风蚀的痕迹。
那这院中的核桃树是不是也有不能宿命的悲伤，
与岁月长河的淡然相比，
我固然是喜欢这样的生活的，静心倾听生活的解读。
这样的风景，我还能看多久?

2009年9月18日

深 情

山峰上落下一片叶，
落在溪的岸边。
我舞起心事随风飘飞，
不止水啊长流到夕阳三色容颜。
我想就这样吧，
你不会再说起那片风。
就像转身后离去时，
你的眼神碎了一路的幽深。

多久了你的心才会有风的影子，
不肯留住开在崖边的繁花。
我的心，
你的肩，
不舍你的言语深情在你眼里沉默。
云散了无处话别离，
你还在那儿期盼我的出现吗？
我不知该在山风里还是黄昏的路口守候那份诺言。

记得你说，
“就这么着吧。”
我记着这句话走了很长很长的路没有停歇。

2009年9月20日13时30分

夜晚的畅想

我走在有路灯的街上，
安然地思想着远方那一朵花脆弱的情感。
那团暖光会有你的心在跳动吗？
你的目光温柔，呵护不曾到达的思念。
所以深沉不是夜的无语，
我感觉着那里遥远心灵的怅惘。
很久没有你的讯息，
为什么还能幸福你心的灵犀？
也许是核桃林寂寞了，
想要我再出现在你的身旁。
但路是那样流光溢彩，
暗夜与暮霭只能隔着远远的距离，
不能看见你温暖的胸怀。
只有今夜的风有灯的幽深，
我是多么想你宽厚的肩再伫立在我的面前。
我的身影孤单得看不到落寞的影子，
只想告诉你我送给你的碎碎的歌谣却那么绵长。
心里有一层浅浅的疼痛，
我知道那是你想我了。
尽管有千里夜的天空，
可我还是看到了你柔情的容颜。
我不能诉说，
我的心在幸福里漫漫融化甜蜜的光影。

2009 年 10 月 13 日 11 时 28 分

我的心像落叶筑起的一座城

落叶在我心里筑起一座城，
花开在城墙边无语望着你来的方向。
我不想让心干枯得没有一袭馨香，
所以打开城门让音乐流淌。
风吹皱了一袖的温婉，
我该去哪里找回你丢下的诺言。
你还记得曾经执著地束缚我的脚步吗？
不愿我离开你的身旁。
可是时间像一条长长的河水，
隔开了远远凝固深情的记忆。
我的心在淡然中沉没，
却没有离开你时的痛彻入骨，
那种心情陌生了你看我的眼神里痛楚的思索。
我应该快乐地等候你的出现，
把你来时的身影留在路口拐角幸福地凝望。
那座城在北方的深秋里怅惘，
我捧着一瓣花朵微笑驶向烟紫朝霞的地铁。
我在等你，
却永远不会袒露向佛许下的心愿。

2009年10月27日9时44分

锁秋寄

怎样才能锁住秋寒的记忆，
我站在窗口望向远方你的身影。
那是不能解的果决在路边山上开放着花朵，
你还能吟唱吗？
清晨起舞的喜鹊翩翩飞翔。

我早已不去香山走那条落叶纷纷的路，
而你还凝望着深夜离去时迷蒙的烟雾，
打开窗，
期盼深情款款黑衣白裳。

就这样锁住了秋潜入林深的记忆，
我放开心的花瓣任它枯萎。
涓涓溪水曾流淌在手上，
我却把心门关闭不看叶落纷飞。
我知道，
你早已在千里之外怅惘。
可我的泉水声呢，
不在你的记忆里埋葬。

2009 年 12 月 1 日 14 时 20 分

祭奠海地维和遇难八勇士

那把丁香花飞散开去，
紫色的零落在烟雾里飘扬。
我的手捧着一丝空气清澈，
还能怎样，
才是路途征尘和泪等待春的花开。
冬在渐渐远去，
冰冻的是心头滑落的泪痕。
我们早已不能再说什么，
那转身的顷刻总有一天会成为叠起的故事。
如果醒来的清晨，
你孤单地伫立在天国冰冷的海岸边，
模糊的绝不仅仅是你的双眸。
再吟唱一遍吧，
这首歌谣打湿了长安街不见尽头的静默和身影。
我们在祖国的大地上等待着，
祈福你们的英魂不散。
而此时不再徘徊，
归来吧，英雄，
这里有你们永远的丰碑洁白着蓝色天空。

2010 年 1 月 21 日 13 时

有那么一首歌思念你

落日，余晖。冬天的傍晚，
总有这样粉彩的天空。
风，依然很冷。
在这样清澈的空气里，
我深深呼吸阳光残存的味道。

收拢一缕风，
只记得不能舍弃脚步踱过的一些思念。
你的容颜好像在风中向我微笑，
那么柔柔温暖的目光。
于是泪又滑落模糊了望着你的深情，
我在茫茫人海中寻找你的身影。

这样的一片深蓝，
你的容颜会在哪里？
是不是黑喜鹊清脆的叫声，
传来了你深深又深深的心呢。
我那么想唱一首歌，
这个节日，我不在你的身边。

2010年2月14日17时

记忆像一袭桃红的花瓣穿过翠绿的春天

记忆像一袭桃红的花瓣穿过翠绿的春天，
而我在这里想着所有的温柔，
你却在路的尽头消失了踪影。
你还爱着我？
那堤岸残红几许。
你携带着绝望之果坠入深渊，
可曾想过我的欢乐？
但清醒显然不曾击垮我。
绝望使人重生，
不管天堂还是通往地狱的路旁，
都有美的生灵在滋长，并告诉我们彼岸花的快乐。
但是，就让地狱远去吧，
我只留下天堂。
那纯美的蔷薇花蕾不曾浅薄地讲述久远，
所以我淡然。
安静与我或远或近，犹如天籁，
上天终归足够仁慈，
还是给了我祥和的美丽。
我，无怨。

2010 年 4 月 5 日

我的心唱起一首歌谣

凌霄花的橘红深深浅浅，
华贵的梦在快乐中生长安宁。
还有多久，才能消失了天涯尽头朝起的妩媚。
我唱着一首歌谣，
想念城北之城宽敞的街道和高高的天空。

你不再出现了，
我的清清的风。
地下铁仍然漫漫无尽无期，
西单还是人来人往，
散落着一个又一个孤单，
还有寂寞繁华。

我不想再眺望西山的那条路，
可是有一个声音告诉我，
那是你心灵的家园啊，
不要放弃，
会有幸福在弯弯溪流旁等你。
所以黑喜鹊又在清晨起舞渐行渐远。

2010年6月30日11时19分

我想起一株紫薇花

水面撒金而过，
风在石榴树的枝头轻语。
我还是依稀记得，
那些苍茫远去的岁月。

幽深的长安街，
音乐飘向地下铁驶去的方向。
我却不能拾起散落的记忆，
走过一生一世的温婉唱和。

所幸有一株紫薇在我心中停留，
妩媚的花安宁了广场清澈的空气。
我浅浅叹息思想不会留意的角落，
让人生烂漫着一路的风清，街巷。

2010 年 7 月 19 日 12 时 47 分

这一季夏的思念

遥遥相望千里之外的相思，
却放不开这一季夏漫天绚烂的紫薇花，
在路的一旁歌唱。

我抚摸着与你一生的诺言，
凝望灰蒙的天空是不是也在想念，
那些不曾远去的温婉和望不到尽头的街垣深巷。

我走，溅起一路的晨霭，
而这黑喜鹊飞起落花的瞬间，
你的面庞啊，撕痛了夏的怅惘。

这一季夏的思念，
高远得分不清那穿透心房的殇曲，
怎么如此热烈激荡。

我在彼岸，
缠绕了一手的柔情，
不懂回首相忘。

2010年7月30日13时10分

夏，暗夜的风景

树影和灯光在墙面上斑驳，
漆黑的夜似乎在向我讲述记忆的风语。
我用心，见证了，这没有你的安静的风景。
忽然，有一种淡淡的笑容划过心上。
那幽深的黑暗，
是不是你已远去的情感，还在呵护我的双眸。
我想这是夏夜送给我，不忍的礼物。
但我分明站在一个清醒的高度，
分辨夏夜孤独的寂寞。
这一院的景色就像是无尽的等待，
终会有飞过沧海的一天。
海的那一边也有彼岸不是吗？
而我却愿意待在湖的岸边思想，
等待你的脚步愈走愈近。

2010 年 8 月 5 日

这一天的悲悲喜喜

曾经多情，
看你每天为我的起起落落的风景。
如今却在慈悲的心门前，
一遍一遍清扫老槐树落下的花尘，
碎碎地飞舞我今生不能忘记的爱情。

你送别了朝去的霞光，
又何苦追逐西去的地铁，
守候再不会融化的心想。
多情的人总为无情伤心，
我知道五月的蔷薇八月的槐香，
都不可能将此生的深情，
描绘成一幅色彩斑斓的温柔。
我珍惜着在你的怀抱里梦醒。

我还会想你，
泪滴在馨香的伤心湖面散落。
我拂一袖清冷，
深深埋藏满眼等风的伤痛。
挽你的手在梦里执著沙洲枯冷，
你的目光那么远，
我该如何等待才是一生安宁！

2010 年 9 月 9 日 13 时 14 分

放心去飞

放心去飞，
我已不在那所校园。
只是那年的我，
为了我和你所有的深情，
无奈回到千里之外的那座小城，
再不能在你的视线里等候。
“没人能取代记忆中的你”，
是吗？我不禁问心，
是不是还是如此深情地凝望记忆中伫立的身影。
也许远去的距离让你想起我仰望着你的温柔，
那天的风温婉得没有一丝痕迹。
你无声地用温暖靠近着我，
却是一句硬声冷语之后，心痛的缠绵。
我望着你，我知道你还在那里，
转身离去的脚步就多了不能言说的坚定。
我决绝地走，
不管这今后的人生路途上有多少车来车往。
而你，却唱起了这首歌。
你的脸上满是落寞，
台下已然没有了喜欢缠绵你的我。
你还会心痛吗？
每当我走在曾经的风景里，
都会叹息时间已把我们相隔成两个世界，
除了恨，我们之间或者还有不能忘记的爱情。

是有那么些如潮汹涌的不舍，
你的不能，我的等候，
你的怜惜，我的宽容。
这就是生活了，
让它云淡风轻吧，放心去飞。

2010 年 9 月 15 日

怅惘的季节

我望着窗外的一切，
耳边听那首歌唱响。
也许有一天，
我会以同样的心情怀念这里，
但却不是如此的压抑和紧锁眉头。

秋扁豆正在曼紫的清雅里疯长，
你看丝瓜花也开满了藤架。
我该怎样体会你的心情还有歌唱，
那些个忧伤却不曾在有我的风景里出现。
为什么总在散场的季节你才会深情，
哪怕有一丝我知道的温情散落在冬天的风里，
我也不愿背身离开你的视线。

再听一遍你的忧伤，
我深爱眷恋着你的怀抱。
多想让你知道，
满是阳光的这个下午，
我那样地想要牵住你的手偎在你的胸怀。
倾听，你的心跳。

2010 年 9 月 16 日 14 时

抑制不住的悲伤

我总是试着把你放在最不会悲伤的角落，
可是伤心来袭时，
我该如何才能停止哭泣。

我总是试着把记忆掩藏在你看不见的地方，
可是你的容颜出现时，
我该如何才能停止思念。

那条路仍然苍茫向前，
我却不能与你携手走过核桃林的枯萎。
我该如何，
才能把我的心，
描画出这个秋最温婉的情感不再悲伤。

2010 年 9 月 26 日 13 时 15 分

这个季节的秋黄与爱情

秋黄又再起，
榴红艳了果子的丝丝甜蜜。
我只是不记得你的容颜还有没有温暖，
也许再也回不到那悲情脚步路途中间。

小麻雀喳喳飞到石榴枝叶上面，
我还在苦苦等待苍茫天地不见尽头景色。
看不见的诺言续不完今生的情缘，
可你不该忘记那年温暖春天飞絮满天。

如今又到了秋黄，
太阳等待不似灼热的徘徊温柔季节。
而我们的爱情在枝间逐渐斑驳，
再飞舞起正午的微风流连芬芳墙垣。

2010年10月11日13时24分

这个冬天我在无望地思想

也许你就这样散失在风里了，
而我还要怀念那些时光吗？
如果这个季节善良是可爱的思绪，
那梦想就会给你更深离去的痕迹。
我不能忘记你伫立的身影，
可天空没有苍凉的风景在那里上演啊。
该怎样才能把思念变成一首歌谣，
唱给寂寞的风和你的渐渐远去的笑容呢。
我只是默默想念风里你凝望的目光，
即便黄昏的夕阳一天天轮回成早晨明媚的阳光。
所以我对自己说，
就这样安然地生活下去吧，
我不想在寂静的长安街上观看无望的叶落，
但是风还是在你走过的路上吹拂着我的衣衫和头发。
那些逝去的时光还有日子，
再不可能在冬天风冷的时间里温暖你的目光。

2010年11月26日13时24分

心 殇

我很想让这种思念攀缘滋长，
但是冬的距离还不算温暖。
我很想牵你的手，
在春天的梧桐开满花朵的时候，
从街的那端走向尽头。

你远远的像一缕风，
把我的思绪描画成一幅斑斓的风景。
而我只是想念那一瞬间的记忆，
就那样让清雅的曼紫陪伴黑喜鹊飞舞，
盘旋在有同样淡淡紫色霞光的清晨。

每天走着一样的路途，
只是这路上寂寞得好像一首再美不过的乐曲。
我的心在希望的岸边期盼，
有你的身影出现的那个时刻，
春天的空气会清澈得像一汪透明的山泉。

想念你的冬天，
只有这首大提琴曲抚慰我的心房。
或者《新月》是通往彼岸，
你不曾关闭的心灵一隅，
和我一同期待来年春天的梧桐花开。

2010 年 12 月 23 日 11 时 01 分

这一冬的殇曲[①]

又是一年的冬天，
风吹过山峦的苍凉。
或者是太无常的平凡，
没有前尘轰轰烈烈的悲壮。
然而这触动心底的哀伤，
却是千万基层民警不悔的力量。
就让这忠诚永远在泰山之巅停驻，
下一次的艰难危险面前，
我们依然会坚定地冲向前沿。
此刻，我们在逝去的战友心上放下一株菊黄，
只为告慰忠魂，我们脚下的路同在赤诚里勇敢。
这一季的苍凉终是凝成了黑白的殇曲飘荡，
却不能停止深蓝之上金色警徽的衷肠飞扬。

2011年1月13日12时08分

① 悼念在2011年1月4日泰安持枪杀人案中牺牲的民警烈士。

我是那么的想你

有时候，
黑喜鹊在坡下起舞，
然而高速公路，
却不是通往春天的方向。

我想让五月，
上演梧桐曼紫的脚步，
可是生活，
却站在路途的拐角处叹息不已。

这一颗心，
不知道要到哪里追寻，
想要紧紧的，
握住的那一缕情感深处的曙光和温暖。

2011 年 1 月 14 日 11 时 41 分

我这样梳起一条黑辫

你的脚步走起一阵风尘，
我却不能放下心情，
释然那曾经疼痛的片段。

还是如此岸的些许记忆，
而后安静地拿起梳子，
把寂寞的头发梳成了黑辫。

我这样梳起一条黑辫，
只让记忆缠绕了背影，
于是彼岸的花朵开满了心田。

2011年2月18日13时15分

叹 息

有一瓣纯洁在夜色中燃烧，
却不曾落下，
花朵绽放的春早。
而我在叹息：
只是冬的缝隙，
已看不见龟裂的冰冷。

总会有一些故事在舞蹈，
像喜鹊拍打翅膀一般，
飞上安静的天空。
而我在叹息：
只是春的初晨，
已看不见温暖的胸怀。

2011 年 3 月 2 日

又见冬天风的味道

几只黑喜鹊迎风飞舞，
盘旋在，高速公路匝道的转弯处。
晨风就几乎了无痕迹，
但仍然能感觉到，它的清丽，
和野草坡的干爽。
又见冬天风的味道，
我深深吸了一口气，
仿佛苍凉的感觉就在眼前。
还是，暖暖的暗哑的阳光抚慰着心绪。
我总不能漠视匝道下野草坡喜鹊飞舞，
只因为有一天我会怀念这里。
而在不曾离别的那一瞬间，
生活被各种欲望充斥。
人在很多时候，不能跟命运抗争，
尤其是在这个冬的醒悟。
我喜欢暖阳下，黑喜鹊飞舞，
冬天风的味道，
就如同一句话：走吧，
风景再美也会成为记忆。

2011年11月14日

明天可是毋忘心安

那一路的歌声是不是还在呢?
我已不记得玩笑里还有你的身影。
但是生命的河流无法停止,
到最后只能告诉自己不要再逗留。
无奈的不是不能放手,
只难过着明天的春花烂漫,可是毋忘心安。

人心里有多少地方可以放下真诚,
不知道早已该完成的旅途还有多少伤感。
卑微着快要撑不下去,
却把生活揉碎了变成满天飞花去腐败脚下的土地。
无奈的不是不能烂醉,
只难过着明天的黄叶飞扬,可是毋忘心安。

不能交流,
悲哀是这样喜怒无常吗?
拥挤的街道掠过黑喜鹊展翅飞翔后留下凄凉的风,
不休止的阴霾可是放纵的结果。
无奈的不是不能坠落,
只是难过着明天的城北故事,可是毋忘心安。

2012 年 1 月 30 日 13 时 20 分

一只鹰冲向云霄

初春的阳光笑了，
于是一只鹰盘旋向上，
在阳光下飞翔。
那即将到来的桃花舞，
却不知鹰的心事，
早已放逐云端悄无声息。
所以我们关心着鹰的命运，
能够冲破云的阻碍，
然后把阴霾踩在脚下，
让我们依然欢笑安然。

在山脚，
鹰衔起那片河水，
继续冲向云霄，
勇敢的心不曾有一刻的停歇。
我们站在来时的路上，
观看鹰的博弈，
赞叹阳光明媚的春天，
还有信仰依然闪耀着光芒。
音乐响起的时候，
我们会在哪里和鹰一起微笑？

2012年3月12日10时35分

春天的信仰

听，
春天的脚步，
在不远处响起。
樱花树的芽尖，
努力挣脱出一节绿色。

山坡上，
艳红的桃枝，
跳起风的舞蹈。
温暖的衣领，
该不该拥暖心底深处的信仰。

或者，
没有必要，
用春天反思此在的深情。
哲理的眼神，
从来就不曾跃下万丈深渊。

我们，
有必要，
在春花熏染的时刻醒来。
用剩下的信仰，
铺平前方辉煌路途上的坑槽。

春天，
如此歌唱，
却不是云彩眷恋的衣衫。
也许顺从了脚步的思想，
那条他乡的街道才能看见繁花盛宴的结局绚烂。

2012 年 3 月 28 日 10 时 05 分

二月兰的紫在黑夜叹息

二月兰的紫，
依靠在一扇紧闭的门旁，
不语。
浅浅或者重紫，
伸出枝蔓，
蝴蝶簇拥般的，
试图穿透黑漆漆的夜。
微风，
却不在早晨到达彼岸，
河流被黑夜撕碎了，
拍打那扇幽深之门。
门外是，
二月兰的紫，
等候一个世纪的沧桑，
和梦醒来的容颜。
叹息，
不曾痛苦着折磨，
挥手，
色彩尽是斑斓。
还要走多久，
才能看见沧海尽头的他乡。

2012 年 4 月 11 日 15 时 12 分

即将春暖花开的季节

即将春暖花开的季节，
我却不知玫瑰花蕾缀满的彼岸，
是不是有希望伫立的身影。
只是阳光从那座城洒向我所在的世界，
我总是快乐地想要唱出美丽的歌谣，
而你一定微笑着看这意外的风景。

风就要吹起漫天的馨香，
辛苦栽下的每一株幸福，
都在这里铺就一段通往那终点的坦途。
只是蓝色的天空同是我们心间的色彩，
我总是把你宽厚的温暖小心珍藏，
而你一定微笑着收起这共同的相知。

我期望着玫瑰花蕾春暖花开的季节，
如同期盼馨香微落的清晨，
在彼岸与你一起看花开成海。
只是那条路途是如此的艰难，
我总是笑看着眼前阴晴不定的风雨，
而你却把坚定微笑着放在了我的手心。

2013 年 2 月 24 日 12 时正月十五元宵节

看见一枝玫瑰的思想

一枝玫瑰在细微的阳光中默无声响，
音乐叹息着不思不想。
一缕花香经过身旁，
我抬头看着玫瑰可爱笑颜心在想。

不知归期在风吹过的哪一段路途上，
何时如何才能挽一袖幽香呢。
我不恨尘埃在土中腐朽怅惘，
只是这玫瑰温婉静默怎样才可以撑起阳光。

裙摆在风中摇曳带起微微幽香情长，
不曾落泪风吹在心里柔软的心墙。
一城的芬芳可会让天长地久沁入相望，
那城啊在来时的路上无语曲殇。

2013 年 5 月 18 日 13 时 18 时

向北的远山

向北的远山，
一群飞鸟从楼宇间飞过。
阳光似乎沉醉了，
把不愿言说的理想，
散落在挤挤挨挨的灰色、红色屋顶。

我立于向北的阳台之上，
望着远山后那朵晴朗的云。
而街上没有一丝尘埃，
只有突然驶过的一辆黄色三轮车，
将耀眼的阳光载向楼宇深处。

我想念你，
却不能搂住你的胸怀仰望同在一座城里你的目光。
这不是命运的吝啬，
是这城的深奥，
远远不能，把我们的深情放在心上。

2013 年 7 月 24 日 10 时 42 分

闲谈（组诗）

一　关乎网购

就像鞋子大了，
要换小码的，
网络和快递把一切错误变得惬意。
方便不过是一把双刃剑，
如果生活只要打通电话，
又或者敲一下键盘，
就能云卷云舒，
那么思想还有存在的意义吗？
我们正在把直觉无限放大，
而明明生活不只当下，
阳光、土壤、花朵、秋实，
和微凉清澈的水，
可是更有存在的必要。

2013年8月30日15时40分

二　阿黄的心情

每天开门，走下院子台阶的时候，
就能听到阿黄的吱哇乱叫。

我总是不懂它的委屈，
难道小狗也会有心情。
无花果叶子要黄了，
烂果子掉下来，
阿黄都不会看一眼，
这心情，是个什么样子。

2013 年 8 月 30 日 16 时

三　记忆和距离

我把距离，当作咖啡，
饮了一遍又一遍。
这么多年，却没有品出苦涩的滋味，
是不是个笑话。
我看着你藏在人后的身躯，
禁不住叹息。
记忆真的耐不住时间打磨，
因为重量会消失，
尽管时间永恒不息。

2013 年 8 月 30 日 16 时 30 分

四　揣度人心

人心有多难猜，
到现在，
我都不能揣度。
这尺度，

太像望不见底的深水。
还是小心把玉兰花，别在包上，
那样就不用去思考，
隔着肚皮的那点事儿。
好吧，
让我们放下面具，看戏。

2013 年 8 月 30 日 17 时

关于阳光的思辨

我任由脚步行走在食堂边的水泥路上，
目光游移的一端，
球场空旷得没有一丝慌乱。
转弯，
拐角就是两棵葱茏的木瓜树，
阳光昂扬地在木瓜果上留下好看的光影。

再度让目光游移，
移向球场不算深奥的空旷。
这个正午，
只给了我一场木瓜树果丰硕的盛宴，
上面有阳光装点的璀璨。
我是感激，还是卑微。

面对即将到来的丰盈的秋，
我该这样说吗？
不想搜罗阳光，装点辉煌。
就像灰色坚硬的球场，
单纯到极致，
但这跟阳光的高度没有关系。

需不需要阳光撕裂秋果，
以证明一场季节战争的胜利。
哲学的思辨，

似乎在这二者的依偎中毫无用处。
还是倒掉残渣剩饭，
我们都平凡到不用飞越那个遥远的沧海。

2013 年 9 月 3 日 13 时 17 分

叶与叶的宿命

一束光透过叶，层层叠叠，
我仿佛并未看到光明。
那只是黑与白的斑斓，
如同青草缝隙里，沉睡的叶。
我在叶与叶的宿命中，
轻笑不已。
也不过是一袖凉风，
就那么轻易地，闻到到了青草的味道。
或者撇开叶与叶的斑驳，
我是该淡淡地弯了眉眼，
然后离去得悄无声息。

2013 年 9 月 12 日 16 时 30 分

秋之断章（组诗）

一　桂花袭来

多年以后发现，
满陇桂雨的秋，
原来与斑驳不搭界，
而只与桂花绵延每一步浓郁。
细碎，那样一阵馨香，
浸在空气里，弥漫而来。
于是怀着虔诚的心，
向桂树叠翠的阴郁小道走去。
安静，掠过不经意的风，
忽地飘下一袭桂雨，
然后再洒落一地花黄。
惊喜了，好久没有的甜美感觉啊，
我欢乐得不愿再走回以往。

2013 年 9 月 16 日 11 时

二　路过菊黄

菊黄微垂在地面，
浓烈的黄，张扬着秋的容颜。

只是路过，
风便吹过脚步，
灰色裙裾被墨绿争夺，
与一袭灰蓝色的T恤衫，
携着浓烈的菊黄，
一并合唱这个秋最美的断章。
如此沉静，
如此让菊香沉入心的最深处。
我被这样路过的风景感动，
还有凉风包裹的阳光，照在菊黄。

2013年9月17日9时

三　今晨天空蔚蓝

云在空中凝滞，
天空则蓝得没有一丝阻碍。
就像这透心的清澈，
要感谢秋之凉雨，
在叶还没有彻底斑驳前，
让天空蔚蓝。
我感叹生活的赐予，
生命因季节的空旷，
精彩，不止一片云的胸怀。
我站于一隅天空下，
欣然观望自清晨开始的故事，
心情，不喜、不悲、不怒、不嗔，
只是与风微拂同样蓝色裙摆。
然后听风吟：生活不是只有嘲讽，
还有旁观。

2013年9月25日9时43分

四　最后的秋果

这一季的秋，
就这样走向不久以后的结局。
而结局还没有到来之前，
秋果已等不及完全成熟，
迫不及待张开坚实腐烂。
我看着这棵年久苍老的石榴树，
低垂眼眉沉默不语，
任由藏在叶间的最后两颗秋果张扬。
还不算太坏，不是吗？
也没有任何东西可以炫耀，
到另一个秋还可能没有辉煌，
但就这样快要结束了，
最后的秋捧着两颗秋果。

2013年9月26日15时56分

我被这种淡淡的喜悦，感染

一些黄在田间闪烁，
一颗提子在唇间浸染香甜。
不过转首望向苍穹，
随手便摘取一幅不能忘却的风景。
那是孤独伫立的树，
依偎着旷野的风尘，不语。

列车穿过悠长的隧道，
黑暗挟持速度与山峦较量。
下一步，
那个江南的西湖，
会有自树上落下的黄花，
在石阶上铺就一种斑斓。

阳光仍然在铁轨上冷静地起舞，
那些铁锈则在石板谱写陈旧的辉煌。
那么，菩提树下的花雨，
是否阻止了一场战争？
喜鹊在楼宇一侧不停地鸣叫，
我被这种淡淡的喜悦，感染。

2013 年 9 月 17 日上午

西塘，安静似沉香熏染

西塘，
从墙与墙的分离中，
踏出一条路，
石板与光线一起暗哑。
一片河水从桥下淌过，
灰屋檐的老屋沉睡了百年。
好像积蓄许久的尘世，
安静似沉香熏染，
就那么，
使心情掠过不经意的风。

推开窗，
看见一缕阳光，
洒落石板，
金黄如梦魇离去后的灿烂。
又是一束阳光，
那是夕阳和温暖，
照在老屋的白墙，
一间隔着一间，
默诵陈年的诗词，
并且饮一碗米酒淡淡地笑。

这就是西塘了，
安静似沉香熏染。

不需刻意，
只在河边浣一下手，
理一下容颜，
就有浸在风里的记忆，
唤醒历史的吟唱。
我不属于这里，
但我在这里的幸福中存在，
和不存在的，臆想中的沉香一起沉沦。

2013 年 9 月 30 日 15 时 04 分

秋果与桂香

我注视着那抹红，
沿着石榴的外皮，
蔓延一秋的容颜，
除了赞叹，还是艳羡。
而另一天的那个午后，
在古城，桂香飘上屋檐，
我只在瞬间，
就忘记了江南，
似乎满面的清丽，
都浸润了花影与馨香。
我叹息，
是陈伟忘不了家乡的馨桂，
还是所有的风情都搬来了古城。

是这样吧，
这一天与那一天，
没有什么不同，
秋果的美艳，
从不与桂香争宠。
在这个城市，
不用怀念江南，
就可以拥有秋果的丰腴。
我在家的景色里沉醉，
亦在那城里把馨香换作记忆。

我不需要历经沧海，
但可以让秋果变为风景，
还有，如江南一样满城桂香飘散。

2013年10月8日15时53分

晚秋，我走过苍凉

只不过是一阵苍凉的风，
清晨就已经被萧瑟覆盖。
我不想说枯黄也是一种美丽，
那是斑斓不愿离去的伤感。
你看，旷野的风中，
有两棵孤独依偎的树。
风用声音呼啸着，
苍凉，不会悲悯季节终结的来临，
即便是两种孤独的依偎。

那天，地下通道的风拂起裙摆，
我被空旷的苍凉所感动，
却不曾有丝毫伤感触碰眉梢。
这个晚秋，
似乎只剩下了路途和遥远，
描述风尘和自白。
而我用心情去走过每一步苍凉，
绝对不怀念，黄花铸就的另一种斑斓。
这就是晚秋了，不用刻意想念。

2013 年 10 月 15 日 13 时 42 分

似乎人们忘记了，庄稼地的故事

麦苗在田埂上铺成金黄，
这的确是一种辉煌。
但没有人认真思考过，
同样是庄稼，
不过是一季，
玉米秸就变成了一楼枯萎。

黑色的土地蜿蜒，
一处山丘伫立在田的终点。
粉色霞光探出妖娆，
无声笑语这庄稼地的故事。
我们是不是也要拿着锄头，
刨几锄地，再烧一地荒芜。

但是，农人也是有傲慢的，
如同庄稼地一样深不可测。
这种傲慢被单纯遮盖，
像一地的秸秆儿被荒芜欺骗。
要不然还是默认忠厚是存在的吧，
事实也的确是这样。

2013 年 10 月 16 日 16 时 05 分

脚步走过这阳光普照的上午

阳光暖暖地照在肩上，
那么淡然的清晨，九点的空气温热而惬意。
风拂动着叶，
惊动了一丝秋的安静以及沉思。
脚步走过这阳光普照的上午，
凝眸注视着树梢飘零，
绿色渐黄和赭红的叶。
坡上有草，浓密的草，
草尖绿色被枯黄缠绕。
可是，
所有的叶都在走向枯萎，
只有松还绿意盎然。

我喜欢这样慵懒地踱步，
在这阳光普照的上午。
好像孤独是一件清雅的衣衫，
华丽而不张扬。
就这么踱着，走过灰色方砖。
淡淡笑着抬起头，
人行道与阳光对语。
那么深深的阳光，
根本不想吝啬播撒温暖。
在这深秋，
我踱着步履看透辉煌，
其实也不过是路边的寻常。

2013年10月17日12时49分

一旦感动却是久居的城市（组诗）

一　一个不温暖的冬晨

凉风吹散了一晨的梦魇，
记忆犹新的，
也不过是一盆白花细碎茂密的盛开。
光线逐渐明亮，
清早的阳光却不能出现。
我说服自己接受，
这个不温暖的冬晨，
就像接受每天普通的寻常。
但这并不说明幸福不会随叶子落下，
一如太阳会在正午，
或者另一个冬晨升起。
今或昨的清冷和阴郁，
只是一个令我写出诗句的寻常。

2013 年 11 月 3 日 8 时

二　一旦感动却是久居的城市

这音乐明明响起的，是江南的风情，
却在心坎儿上敲响北方浓烈的鼓。

有一种伤感郁积在这北方的小城市，
有一种泪水不能蓬勃而出。
我没有想过脚下的土地，
也会曾有理想预留的伤口，
它是黑色的，我们叫它煤炭。
我从《独有英雄》演绎的视角，
翻捡着一个、一个震撼人心的故事，
仅仅为兴邦强国建一条黑色命脉，那些人，
我甚至无暇叹息。
很久没有感动过了，
一旦感动却是久居的城市。

2013 年 11 月 11 日 21 时 45 分

三　流云与落叶的对语

清晨划过天空静止的篇章，
湛蓝是不是风经过后才会有残留在张扬。
流云光亮起白色的纱幔，
稍纵即逝，
在楼宇的缝隙间，
绽放着最清澈的瞬间。
落叶堆满了树下，
这已不是斑驳才能形容，
那就是枯萎的美丽，
就像流云是顷刻的故事一样。
这一刻的清晨，
似乎只有风景在平静地诉说。

2013 年 11 月 12 日 7 时

四　这一季的枯黄如期而至

杨树叶的枯黄掠过流云的天空，
至少是路过的风景吧，
只有这几株枯黄还在彰显美丽。
如此怀念去年霜降的美好，
杨树林黄叶不只飘落一地的感动，
还有伫立秋黄时仅有的浪漫。
那时眼中看到的，
就像这几株枯黄划过色彩斑斓的天空，
如今多了漫天的流云，讲述淡而寂寥的感动。
我坐在班车上，
不去注意胸前冰蓝色的围巾和深蓝色的衣裙，
只让蓝色的暖鞋踏在微凉的地板上，
然后看着车窗外，
偶然见到的这几株黄叶掠过流云。

2013年11月12日8时30分

面对这样一种静美的斑驳

那些野草丛中叶与叶的伫立，
不会因为树的高大，
而失去对静默的尊严。
在我看来，
树枝过于高大了，
与地面就对立成了距离；
叶，则放弃了对枝的眷恋，
选择落在厚重黑色的土地上，
在晚秋清晨薄雾升起的时间，
形成一种更为踏实的斑驳。
我极度欣赏这种景色，
在密林深处的一端，
这种内敛的斑驳，
一直伸向远方，
直到可以再度启程的车站和码头。
这不会是一种无休止的旅程，
你总要在某处停下来，
就像此时，面对这样一种静美的斑驳。
无意中，只是那么无意中转过脸颊，
发现风在窗外窸窣摇摆合欢树，
尚且残留绿意的枝叶，
那这面前的，
也不过是别人拍摄下的一张照片。
我把它存在电脑上，

就假装是我走过的路途吧，
毕竟它是一处让人赞叹的风景，
比通知别人开毫不相关的会，要强得很多。
是这样的，
我喜欢面对这样一种静美的斑驳。

2013 年 11 月 8 日 15 时 09 分

在阳光普照的正午或午后

言不由衷的赞美，这个中午，
阳光普照，只不过是掩饰对真相的揭露。
由甜美转向老成，
完全因为身份的转换，
这不是一种成熟。
表面的定义有可能导致漏掉阳光，
如此，还不如甜美。
我仔细琢磨旁人的衣着，
一个即将离去，非常漂亮的小女子的衣着，
然后换算与己无关的成本。
得出的结论是，
这个世道的矛盾关系一如既往，
就像深秋会换上斑驳的衣装，
初冬的早晨，地面上会落满枯叶。

就在不久前的那个月，
风还没有现在这样冷。
我站在大门口灰色的水泥路旁，
阳光布满了地面，
明媚得唯有平静、温暖可以形容。
我背向大路，
午后的阳光将我身着马甲裙的身影同样投射在地面。
我注视着地面黑色的身影那么妖娆，
香樟果藏在茂密的，

泛着光泽的绿叶间窃笑不已。
我不能阻止香樟对成熟的向往，
就如同不能阻止阳光对衣着的赞美，
那是一种不同寻常的判断，
我们都曾这样从春暖花开走向尘埃落定。

2013年11月11日14时30分

一场逻辑思维的描述

这是一种衰败的黄，
清早的阳光照在枯萎的菊上。
灰紫色的羽绒棉衣，
很好地平衡了这个冬日的情感和冷暖。
而黑色休闲毛料裤柔顺在黑色中帮皮鞋上，
带出一缕安宁的风。
这是一次华丽衣着的盛宴，
与清早阳光的解语形成无缝的架构。
那么衰败的菊黄，
就是最契合形态的衬托了。
逻辑哲理总是在最恰当的时刻，
展露出清晰且温婉理性的容颜。

这时候，快递刚到的士力架花生夹心巧克力，
把整个上午推向快乐的极致状态。
逻辑架构消散，
取而代之的是醇香味蕾的组合。
再回到灰紫色衣着脱离枯败菊黄的衬托，
所有士力架的美味只在这种背景下，
完成期盼的目的，
结果就是很高雅的衣衫和士力架的沉沦。
不能再形容这一轮的逻辑思维较量，

以至于突然闯入的电话难以置信地不搭界。
还好，混乱没有在接近正午时分搅扰既有的秩序，
灰紫色羽绒棉衣仍然和窗外菊花的衰败保持着合适的距离。

2013年12月2日14时16分

这样一座城该怎样述说

我知道永远不可能，栖息
在这样一座城池。
每天的粉彩清晨和日落的夕阳，
都不足以包容这座城长长的墙，
一直伸向远古的厚重，
以及金戈铁马。
它是一个民族走向强盛的卷册，
肯定跟风雅不能够搭界。

这样一座城，
无法让我们喝一壶菊花茶，
然后悠然地谈论诗赋。但是
即便是风霜更能衬托它的沧桑，
我仍然可以把内心深处的那一丝隐忍，
交付给这座长长的城，
虽然只能偶尔地伫立，在深秋
观望那漫山的红叶深浅渐去。

其实无须把这样一座长长的城，
至于宏伟不可企及的境地。
放下历史的帷幕，
那每一块城砖的堆砌，就是
一个寻常百姓的期望，
很普通但不浅薄。晨风吹过城墙的时候，

是不是还能听到士兵的低语，
和兵器碰撞的声音？

我注视着起伏不尽的山峦，
在凉风拂过的早上，
一轮水洗红透的朝阳跃出山顶，
而长城，任风吹拭年代磨砺的痕迹，
一同绽放出厚积薄发的光芒。
那一轮朝阳，正是长城千年不尽的爱恋。
听，按捺住风声的呜咽，
有隆隆的脚步声，渐渐，传来。

2013 年 12 月 19 日 16 时 21 分

枯黄的寂寥在临近傍晚的时候

这枯黄的寂寥，
并不是随意丢弃的故事。
我却在仅仅路过的一刹那，
就把它放进了记忆的篮筐。
如同暮色即将来临的傍晚，
班车还在高速路上未曾驶来。

房间的温度，
总是使人忘记枯木荒草的苍凉，
这是冬日才有的情愫吧？
我不能确定滞留的这个临近傍晚，
是不是一个可以写出诗句的时间，
而空间似乎已经够了。

借着昏暗的光线，
我再一次翻拣枯黄的寂寥。
不管内心沉沦几番，
也不过是花木深处凋零已尽。
这样的临近傍晚，
很适合把寂寥描绘成枯黄。

那么梦想，能不能再长一点呢，
让枯黄与寂寥短一些。
再一次看见黄叶落尽的日子，

不只是眼眸里冬日临近傍晚的昏暗。
就像春还会来，花香浸染
仍是临近傍晚的时候。

2013 年 12 月 20 日 21 时

办公即景

一缕阳光从南窗溜进来，
绿萝回首眺望。
一杯菊花茶淡淡凝滞中午的温暖。
一切那么安静，
好像呼吸都消失在眼神探触的终点。
所有装备的劳碌，
似乎都与电话铃声保持了足够的距离。
可以歇口气了，
再喝一次甘甜的菊花茶。
然后把警服深蓝放置身后，
就那样慵懒地听一听空调吹出暖风的响动。
待转身看窗外的阳光，
才知闲适是多么短暂，
下一刻的电话铃声又一次响起，
叮零零。

2013 年 12 月 26 日 14 时 20 分

风华在旷野上演一出戏剧

几棵树相依而立，
像三两素衣女子，
在旷野的风中与荒草相对。
列车飞驰过一些山峦，
树，渐渐远离守候，
衣袖拂掠，裙摆淹没了容颜。
再向前去，
是黑暗穿透光明。
我感受到这种释然的快乐，
即便安静为眼帘拉下帷幕。
一段柔弱的音乐响起，
打破了呼啸的轨迹。
接或不接，都是一个波澜不惊的故事。
就像路途中一个站台的潸然而至，
下一个仍是终点，
人潮拥挤。
风华在旷野上演一出戏剧，
咖啡则于女子手中散发出浓醇的味道。
这一段旅程不算孤单，
但树无论如何都与容颜无关。
你看，
一个人晃过走道、人们，归座。
而树的风华，
在记忆里偕剧情定格。

在接近终点的地方，
蔚蓝色的天空，与楼宇相依。
我只知道，
这出戏剧，没有结局。

2013 年 12 月 28 日 9 时 43 分

陈 哥

陈哥，是个小交警，
没有职务，曾在北京当过兵。
陈哥从不知烦恼，
天天揣着热情载着工作上路。
不知道有没有人说过，
时间，不会掏空工作热情，
至少这几年，
陈哥的心是亮堂堂的。
记得，每次派警到他，
总是回答一句："好滴。"
陈哥还很时尚呢。
队上，才发了新式对讲机，
他乐颠颠，就用到了事故处理中，
"某某，事故现场车翻了，
人没事儿。"
笑口常开吧，
陈哥脸上总是一副笑模样。
那身警服蓝穿在他身上，
像军装一样，只有信赖。
一个小交警的一天，
繁忙，通常挽着劳累的衣角。
不把日子过沉重了，
下班卸下装备的陈哥，

却把每个在岗上的二十四小时，填满责任心。
这就是陈哥，一个小交警，
不算宏伟的人生。

2014 年 1 月 2 日 16 时 05 分

在意象中沉沦（组诗）

一　夕阳暮色

夕阳，辉映着那山，
只留下一个身影，沉美。
原野中，伫立是群山的说辞，
那么，夕阳是撩拨原野的孤独吗？
暮色摇曳。
仅仅是些许细微和风，偶尔掠过，
还是不能收拢草尖上的一缕温柔。
在这里，暮色被孤独说服。
我想，浪漫是一种味道，
但一定有一丝忧伤。

2014 年 1 月 7 日 16 时 04 分

二　逝

不要问客观之在为什么过早地离去，
不要问客观之在为什么放弃对春的依赖。
因为逆风来袭，
这个冬是一片叶呀，

就像一片叶，
在风霜中，破碎，化成灰土。

2014年1月4日18时35分

三　无题

为什么活着？
是一个不算深刻的问题。
我的人生没有悲哀，
我喜爱灰色，
有浓重的高贵。
这应该是一种气质，
由信心和信仰，来驾驭。
这样的生活，
我不说为什么活着。

2014年1月4日18时50分

四　那枝玫瑰还在开放

夏去了，
带走了热烈的阳光。
秋来了，
携去了斑驳的秋黄。
冬近了，
那枝玫瑰还在开放。

2014年1月4日19时

五　车站驿动

树枝上的花瓣不会破碎，
与美丽脸庞重叠的，是雨雾浓重。
我不能忘记，
梧桐花盛开的擦肩。
车站驿动，
转头别过，不曾出现的身影。
我，早已习惯，
列车要驶去的方向。
挥一挥手，
有一种结果，
不需要等待，
就如同梧桐花会在春天开放。

2014 年 1 月 5 日 14 时 20 分

查·清影

记忆是一帘纱幕，
当晨风拂起时，
就会露出，墨迹安静的幽香。
也是一个清晨，
微风斜斜着轻暖，
查的裙摆，长长的裙摆，
一任步履掠过，
玉兰叶，将晨光覆盖。
一件柔软的白色衬衫，
被短袖和手臂，
与风的舞蹈，落笔成画。
查，最美的时候，
就像自然而成的一幅画卷。
那些与风有关，与晨光有关，
与等待玉兰花香拂上脸面有关。
花香散尽时，
落下纱幕，
记忆仍被晨光掀起一丝清丽，
容颜。

2014年1月4日12时18分

花且问

月光柔美，所以想要亲近花朵，夜凉如水。
太阳明媚，所以想要亲近花朵，阳光温暖。
一阵微风拂过，花色妩媚，摇曳羞涩。
恍然记起，
昨夜月色初上前的一场雨，
水珠还在花朵里停驻。
风过后，雨珠滚动。

2014 年 1 月 17 日 10 时

暗色的傍晚

淡淡粉紫的天空，
在暗色傍晚孤寂。
风冷冷掠过面颊，
步履有些轻松的，沉重。
是不是还有一些喜悦呢？
有灰色氤氲紫色，
然后覆盖通向天际的那条路途。
路途上，
我把心放在心间，
不把灰色氤氲的紫放在那路的尽头。
因为转弯，便是家门。
脚步终归要去向，
有灯光的窗。
不过是一种灰紫色傍晚天际，
不过是一种寻常不曾惊艳的暮色。
我只是淡淡如天色凝眸，再转过眼眸，
走向暗色的傍晚，隐没。

2014 年 1 月 23 日 15 时 36 分

戏剧散场

一轮夕阳追逐林梢的速度，
如橘色曛暖，沉降。
转眼即是雾霭低沉的旷野。
灰色湿露无限扩大地平线，
与纠结叩响心门。
树影则探出身，形成一道屏障，
同突然出现的一栋房屋重叠。
这一切都似是匆忙身影，心，
不管如何忽视速度与闪躲，
即将到达的终点，站台，
依然是人潮拥挤的戏剧散场。
但是，还未到列车结束的地方，
一条河蜿蜒伸向雾霭的低点，
这更像一幅画的意象。
风倏忽而至，
一个孤独的身影立于站台，
然后隐没于开启的车门。
天空开始晴朗地阴暗，
所有沉默在即将来临的暗夜，
归入一种结局。
预想，好像来得，
比事实更加匆忙一些。
如此，尘埃落定，
路途以纱幕撩开夜色，
一场戏剧散场，如期关闭了那扇门扉。

2014 年 1 月 24 日 17 时 21 分

梧桐寄

梧桐坠寒风，夜雨在飘零。
繁花春早谢，烟紫打心庭。
谁言晨晚伫，影碎励云城。
尘埃轻水阅，途道醒馨娉。

2010 年 3 月 2 日

相见欢·秋颜无声

林梢涂了秋黄，不思芒！怎碎晨消雨凉迟暖阳。
清风阅，榴红艳，几重墙？只是长河烟锁花飞房。

2009年9月10日

木兰花慢·夜语无多

夜深玄月远，敛伤曲，想他乡。渐坤苦初冬，万般愁冷，不怨云抬。沉沉雪皆落土，囿干枝、哪敢说（shui）心怀。冬静灰檐枯叶，晕嗔当下阶陔。

车尘，且去是繁花，酷埠断通途。只月晚擎辉，瞧媚在往，却等春来。寒衾舍庐盼暖，欠嫣红姹紫掩阴霾。琐碎冬晨喜鹊，夜缘尘起轻埃。

2009 年 11 月 30 日

凤凰台上忆吹箫·思远

风怨晨随，路迎轻叶，脚踝纷踩天涯。舞早霞清挽，醉散心街。花碎幽空情重，还是叹、不休难来。云高远，娉婷尽断，思那尘埃。

偕偕。愿一路也，执凤帔通途，炫彩多乖。且北城馨透，此去倾怀。微揽杨青凉翠，回看道、双目凭猜。凭猜处，抬头又挨，殇曲别裁。

2010 年 6 月 7 日

散 文

风 声

北窗的合欢花都开了，一大片的粉色柔媚，好看得让人心里生香。

快下班的时候，突然起风了。风吹得合欢枝摇叶曼，粉媚的花朵也收起美丽随风舞。我走去窗边看，风呼啸着。怎么要下雨了，还是不耐了酷热艳阳。叶与风相背，合欢的花儿已经累了。要是饱满平静着轻纱曼舞的美，该有多好!

风稍稍停下脚步，又骤起，合欢树疲惫地落下些枝叶。那是该离去的，无奈。天暗了吗？旗还在舞，没有丝毫停顿的意思。我想就此搁笔吧，要下班了，但思绪仍不停地涌出来。那合欢树，注定风中受伤，美丽不是永恒，一如容颜。有风的日子，向来如此。

到服务区了。穿过地下通道，就是宽敞的东区。风吹得衣襟乱舞。叶从树上落下，声声响，又从路的这边舞到路的那一端。风稍停，便是一片斑驳的黄，又斑驳的绿。想那一眼望不到头的绿树连绵，高速公路上的风景总是远离尘世的烦扰。雨，还是下得风生水起。班车上于是笑声起伏，因了我那个去还是不去移动公司的笑话。倒是雨为难地下了停，停了又下。

风声，会永远像今天这样牵动树的忧伤吗，我在想。我不知道，落叶无语。很多时候，沉默总是最好的选择，一如天气。想起单位南墙边张扬的艳粉蔷薇，在了无风雨的五月才会开放。那时，风声不再。

2009 年 6 月 9 日

公大西区那条路

又是那条通往西区操场的路，只不过插满了六十年校庆的红旗。二〇〇四届大练兵检阅的脚步声似乎还在，今日却多了许多的风雅，与我们轻柔地穿过树荫下的清凉。

这柏油路，曾多少次走过。清晨整齐的队伍，拐角处区队老师关注的目光。西区的风景总是在喜鹊的脆语里掠过晨课的温暖和快乐。

曾记得寇队说，不要给我到处瞎溜达。那柏油路上于是洒落了阳光一样多的笑容。我们还有那些记忆吗？西区教室前悄声的低语；散队时飞扬的笑声；聊着下一节课的快乐。还记得吗，下课时我们涌到讲台向教授说着自己的不解。那西区教室的阶梯上还是轻松的步履。

我们在那条路上走着，手里是不堪沉重的黑色书包。无疑，我们的脚步是轻快的。能在这样的校园里学习，是不一样的荣耀。我们快乐，我们奋进。那身蓝色警服让我们有不同一般的风采。

为了警容风纪，公大的检查一向严格。校纠察队是那条路上另一道风景。还记得，那些喜欢留长发的女生紧张地把头发挽起髻。为那些突然的内务检查，我们调侃地互相发那些黑色幽默的短信，像“穿皮鞋，打领带，被子叠成豆腐块”等，林林总总，不计其数。

久了，那条路上的记忆却还鲜活。还会再回公大吗？不知在何年。

2009 年 6 月 15 日

与风轻吟

一

窗外的服务区，有两个很高的铁杆，顶端是两层灯架。常看到有喜鹊急急飞过，然后展开黑白的羽翅飞上高高的灯架。很喜欢看与它相对的那三面旗。许是看久了，我觉得，会议室那“风展旗更红”的匾就比这旗有韵味得多。凡是写下来的，总比真实要美，因为距离。

服务区似乎总是有风，所以旗就一直不停歇地舞。人惯常喜欢听好听的话，却不知旗展而正的道理。修养是一门很玄妙的学问，而我们都是很平凡的人。生活很简单，要让所有的人都满意却不容易。不如工作去。天那么蓝。

二

有风，就有景致，有心情。千里之外，我曾停驻过的校园，有很多的树。白杨树是最美丽的一种，少有地风姿绰约，或成排地树立在风里，高大得让人依靠。却不知它其实汇聚了多少公大人的灵气，才有了今日的清丽风雅。婆娑的风声犹在耳畔。

尝试着写轻松的文。这里的天涯，不需要沉重的话题。就如《莫斯科不相信眼泪》，那部老片子的旋律会让人疲惫。还是在那处风景里，那条柏油路上走走吧，同样有黑喜鹊盘旋飞舞。飞絮再起的时候，我们都还在吗？

三

还是在不太久远的江南，喜欢西湖细雨中温柔的美丽，那微微的风，从不觉得冷。就在那条香樟的路上，与风轻吟，玉兰花在身旁飘起悠然的馨香。那样的天气，总认为苏堤是甜美的。水轻轻涌动着，拍打堤岸。和着脚步，眼波流转。收纳了香樟柳烟，不一样的风情还会有吗？我们在一处风景里，却不明了景外的落寞。不用去想北高峰许的愿落在坡上。这就是生活。

2009 年 6 月 15 日

风落，回首来时路

叶像黑喜鹊飞舞般落下，轻扬起幽空飘零了一季的孤独。斑驳的黄叶给树的静雅抹上清丽的心绪，我还能经过多少次这样的路旁。

喜鹊于坡上飞起，前方在转弯处延伸着朝阳的无语。

这样的风景是不是不用任何五彩斑斓的描述，就可以展现了人生路途的美丽。

最喜捧一杯香浓的咖啡，倚在椅上想悠悠的往事。烟尘涂抹着清晨的艳粉霞光，那样的心情只有在最北面的云端才会有。落寞的等候却常有一份闲适的甜蜜，既远又近的心在这和暖的甜蜜里弥坚。

窗前的那条路上，也常有起起落落的纷扰琐碎着期盼的脚步，执著不已。太不想烈烈风羽划破了清凉的绿，所以，我在这里思念成排挺立于风中的白杨树，和那些紫丁香花开的笑容。

远去了的身影，是我孤寂的完美。回首成茧时，抽不出一袖的温婉让白云快乐。而我，再不会任烦恼踩踏我安静的来时路。

2009 年 7 月 7 日 14 时 30 分

绝望的思辨

今天看到哲学通史有关绝望一篇，颇为心痛。是为生命，就会有理想。但当有人说：“你有这个能力吗?”我们便畏惧了回到清醒的现实。这种软弱趋之于安全的港湾，就能将理想国附加在自我身上的压力粉碎了吗？不一定。我们通常这样表述绝望：远离它，那是不幸的源头。这种状态使我们隔绝了对实现理想历程的恐惧，却深陷于自欺的泥沼。

我们都是普通人，安于现状似乎是普遍的真理。很少有人愿意把自己置于绝望的境地，哪怕可以成为永恒。佛让我们忍受苦难，精于宽容，不鼓励为理想而挣扎，只说等来世。来世在哪里，我们不知道。那更是虚无的绝望。无人意识到，尽管我们已经很唯物了，却仍然重复着对精神虚伪的束缚。我们会安慰自己，别人都是那样生活的，我们有什么不同?

我们有无穷无尽的欲望，生活得非常富足，是一切理想的原初动力。而当达不到这一目的时，我们会怎样？这个时候，绝望仍不会降临到生活当中。我们会说：这是命。就像佛说的，忍耐。理想与我们隔着或远或近的距离，而我们羞于承认绝望的临界点，不愿抗争。就这样生活吧，没关系的。这就是我们对付绝望的理由。所以，平淡有着永恒的诱惑，因为可以让我们远离绝望。这几乎成了人们消解绝望的唯一方式。但欲望仍然存在，不会因远离绝望而消失。人生的痛苦就在于此，很无奈。

然而，不是每个人都碌碌无为，至少仍有人试图冲破绝望的重围。所以，理想对我们来说，不会是玩笑。为此奋争吧！努力的过程可以让我们认识到，绝望不是人生路途上唯一的结果。

2009年7月27日10时40分

我这样阐述公大论坛的美丽

论坛之于网络，是一个更加安全的港湾。

根据论坛性质的不同，每个论坛都是一个族群。公大论坛自然是个特别的地方，并因它的美丽而生动。我们坦诚地走进这里，自动归类，而不相互打听底细。我们在这里谈论心声，美妙着人生路途上的每一处风景。每个人都是那么的真诚。

这里有许多规则，遵守规则的人总能获得像河水流淌般的幸福感。而这里又是开放的，最广博的，每个人都可以讲述心底深处的故事，哪怕仅仅是一片心情的绿叶。

这里没有人会窥探你痛苦的叶落，有的只是率真的言辞和宽厚的友谊，或此或彼。生存，在这里不再是一个沉重的话题，而会碰撞出无尽的希望和搏击的勇气。我们还有理想，不是吗？

在这里，才华横溢的人多得像林中飘飞的树叶。我想起大队长说的，这里是你们的家。而在论坛里的公大人，几乎都是人中精华。在这个家里，我们相互鼓励，相互赞赏，像深夜一盏不息的灯，像清晨粉彩绚丽的霞光。不管有多少波折，我们都是快乐的一群。我们是公大人。

还有，设计这个论坛的一定是个天才，让公大论坛几乎囊括了所有的梦想。我们不再有闲暇去想早餐有没有鸡蛋和牛奶，门口的黑车会不会又被清理了。这里有那么多的美丽在等着我们。梦想在天国，还是在那片静静的湖水里？好好沉思吧！答案就在公大论坛，在我们美丽的家。

2009 年 7 月 29 日 14 时 00 分

我的北方的城

窗，开着，但我望不到北方的城。那城的窗外却有艳粉的霞光，轻柔掠过晨起的帷幔。

总是在清晨，从宽大的落地窗望下去，人来人往，还有对面蜿蜒的小路上几盏素灯在闪耀着雅致的光芒。

想起一丛花蕾，沁香着岸边静静的湖水。迷恋极了，那种心情。在北方的城里，常有这样的馨香萦绕心扉。

许久没有那里雨天的片段了。

是不是呢，雨落下来一定很美？没人会怀疑这一点。而雨落花上，就是晴后酣畅的美丽，像一篇文章写成的感觉。

记得那场雨，所有的温柔都在伫立和离去的身影里永恒。那急促的脚步还在我心里，溅起漂亮的水花。

只是一缕发丝，目光凝望向深处，还有一把粉色的雨伞遮住了远去的记忆。我不在那里了，我的北方的城。

我的美丽只是那裙角一转身的眷恋，和着黑色棉线背心的清丽，飘荡去了隐入空际的云朵。很少那样穿着白色短袖衬衫，全因为那天的雨雅致了一季的风景。啊，是在渐渐模糊、渐渐透彻的北方的城。

我还有多久可以记忆我的北方的城。那些绚烂的天空，白色的云朵，仰起头就可以看见的闪电，我还能再见朝阳跳脱而出的艳红吗？

夜色中，窗外车河闪烁着，灯光在穿梭游动。雨后的街，常让人想念湿润的温暖。我的北方的城，你在飘飞的叶落里永恒。

2009 年 7 月 31 日 14 时 40 分

伤感的午后

一只小蜜蜂死了，躺在淡灰色的地板上。午后的太阳，晒着窗外的屋顶。

不知道它什么时候飞进来的，茸茸的小身体静静地卧在那里。无语的魂魄，全部凝滞在不再舞动的羽翼上。

逝去了，美丽的小蜜蜂。你偏偏选择在我的面前死去。是想告诉一个人你的心事，却来不及诉说？还是你耗尽了所有的生命，再也飞不回你的家园？

我叹息着把小蜜蜂放进花盆。我不知道它的家园，无法将它的魂灵安葬。那里会有盼归的焦灼吗？想要流下泪来。有时候，我们还不如一个小生灵，可以无怨走完生之旅途，就算再也回不到栖身的原点。

我想，是西山的叶落太想念那年的泉水声了。索道向山底滑下去的时候，也有看到小蜜蜂死去想要流泪的伤痛。

这样的午后，我不该想起太多的碎语，就让它在风中飘散了吧。我写下短短的文，祭奠死去的小蜜蜂，为它的可爱。

2009 年 9 月 4 日 14 时 48 分

花开在那片姹紫嫣红里

花开着，怒放生命，似是公大愈延愈长的路上张扬的青春幽曲：我们都是美丽的。在沙洲的尽头，有许多个岔口。希望就在前方吗？而这美丽，却还在等待繁花的谢场。

走在公大校园的路上，常认为一切都不应惆怅。然而，思想安静地知道湖水有多深。音乐飘荡了花开的整个过程。那种姹紫嫣红，不曾出现于公大的任何一个角落。那是内心的静场。Beautiful（美）！我该怎么说呢，这花的柔媚繁丽。我的公大岁月，逝去的脚步由远而近。

公大，是不会栽这种漂亮的牡丹花的。它太妩媚，太完美，太经不起风霜的侵袭。所以，公大最美丽的是那些树，而不是花。我只在心里追忆繁华的花开花落，那些妩媚在你的眼睛里凝滞。

花瓣落下来，侵染心绪的淡淡忧伤，拨弄着弦乐的一丝安宁和沉醉。我想起在公大的种种场景，如长河一般，将流淌一生一世。我不孤独，在那片姹紫嫣红里，我记忆起所有的快乐，Beautiful（美）。

路是那样的悠长，或许有牡丹花开绚烂满地的时候。我的公大，我站在那路口想念你。我们还有什么不能思想的吗？生活给予了一切的美丽，却不撒播勇气，只要我们坚强。这就是生活的深邃。我不曾烦恼，走在无尽的路上，我有如花的温暖和散淡。

你要记得我说过的繁花姹紫嫣红，你是那样坚强地走过那条路。记得，沙洲的尽头一定会有路！花开在那片姹紫嫣红里！

2009年11月21日12时

“李胖子”的美丽人生

“李胖子”在公安部工作很多年了，和他身边的几位老警官每天上班、下班，经过那条如果开满梧桐花一定很美的胡同。

信访办也许没有日晒雨淋的辛苦，但这里却是反映百姓疾苦的前沿。公安部“李胖子”比自己一日三餐吃什么还清楚这一点。他以自己特有的修养和包容，接待着每一位来访者。他明白，在这里化解了的情绪就会有春暖花开的释然。

门口把关的两位老警官善良得像人身旁的长辈，公安部“李胖子”常常想，他们为什么能够如对待家人一样对待普通百姓。他也常看着负责安检的老警官脸上很认真的表情，看着他像护宝一样地抱起信访条怕人抢去而忍不住笑起来。

公安部“李胖子”从他身旁的这几位老警官身上学到了很多东西——为人的道理，接访的技巧，还有每天下班后有一个好心情。哦，跟他配合的那个老警官一定是公安部长得最帅的老警官了，非常有明星范儿，威风凛凛，可他的言行举止绝对是对党最忠诚的人民警察。公安部“李胖子”在这群人中被熏染得身上常有一种高贵不凡的气度，那是心灵的潜移默化。他常从心底里感谢他们。

公安部“李胖子”接访有自己的一套方式。他不会急于表明态度，而是以沉稳的气势尽可能地让来访者释放愤怒和怨恨，让他们极端情绪在他这里得以缓解。然后，他会给出山一样的信赖，会像黑夜中的一盏明灯一样，给他们指明一条冲出阴霾的道路和不一样的对待人生的态度，还有很多很多。他每天几乎做着同样的工作，却不会重复地生活。他认真积极地对待每一个人。他会对自己说，想想看，如果遇到了不顺心的事我也会生气。因此，帮助来访者化解冤屈，就是我的工作，也是我的责任。他身旁的老警官们教会了他如何工作和正确的为人处世的态度。就像那个老警官常常宽厚地说：“我是他们的领导，记住我的警号吧。”

或者还有很多年的人生之路还要走，或者还有许多的人生磨难还要经历，但公安部“李胖子”从未后悔过从事这项职业。因为他是一名人民警察，他以他的同事们为荣，因自己是这个队伍中的一员而快乐。

2010年2月25日11时18分

清扫这一季的秋天

早晨的时候，天开始变凉了。好像是一瞬间的事情。风凉凉地吹着警服裙摆，我望着面前的马路，让目光空离，不去注视任何生命的枉然。

阳光在正午的明媚耀眼中变得暖热起来，秋高气爽似乎只在北京才能感觉得到呢。那里的天很蓝，很阔。在这座小城，却只有舒适和惬意，透彻的天和白云就不要去想了。其实，生活很公平。一切来自一，也归原于一；万物衍生，总会回到起点。

吃完饭了，然后闭门却扫自己的心灵。空，即是幸福。秋来的这一刻，我终于参悟透了返璞归真的境界。但我还是有放不下的，不能舍弃的，这就是生活。我终是不能拥有大智若愚的慧根的。不过，没什么。我活得普通，简单就与我更近一步。这才是参禅的上上之阶。人人皆可为佛，关键看自己的心态。只是不能免俗的人太多。我们还能说什么呢。

再来观看一个瞬间的场景。假如一次突如其来的聚会中，猝不及防地出现了你不愿面对的人和往事，又或者其实是期盼的，我们会不会有许多的感慨和无奈？就像窥视自己的灵魂，不愿面对又止不住泪流向心里。我想，还是欣喜的吧。毕竟，时间会消磨光一切当初让我们心痛的棱角。再回头看，不过尔尔。至于怨恨，也就像是不屑提起的事情了。

十月榴红，又该是结果的季节。我在这座小城里的等候，怎么捡拾都是幸福的。何必要那种疲惫呢。一切皆是缘分。自然地生活，就会有安宁。我们不该奢求太多。

2010 年 8 月 31 日 12 时 50 分

二〇一〇年八月城北之夏

一

城北，我拿着一板黑巧克力，靠在凉台栏杆上，有一口没一口地吃着，看着楼下地铁对面的街道上车来车往和川流不息的人们，忽然觉得很舒服。巧克力化在了手指上，舔干净继续掰一块儿来吃。这是不是一种幸福呢?

上午从长安街天安门东地铁出来、走到南池子大街老槐树夹道的浓荫下时，瞬间，心情好像倒退了一千个世纪。那样一种古朴高贵的气氛仿佛让人的笑容都变得不一样起来，轻松、惬意。还是因为离胖子他更近了。总之，走出大街，进到中国美术馆的时候，我觉得我的魂魄回到了心灵的家园。这才是真正的我。

二

等在长城脚下回城北的公交车站台上，张望着等车来。太阳毒辣辣的，可是有风，凉爽的风。早晨来时，长城上方的天空蓝得那样深邃清澈，还有高远洁白的云，下面是浓荫的树和熙熙攘攘的人们。

很快，车来了。人群一下涌上来了。我眼疾手快，抢到车头门旁。前面已有几个人往上挤了，我不甘示弱，跟两旁、身后的壮小伙胳膊肘顶胳膊肘一番较量，终于抢先挤上车。一眼看见中部三人座有两个空位，我扑过去，占住最外面一个座位，另一只手按住中间一个位置，着急地望着前面车门口。老爸不会上不来了吧。好一会儿，终于看到车门口人群中露出老爸的脑袋和浅蓝色上衣的一部分。我快乐地招手，老爸看见了，也快乐地笑着，左挤一下、右挤一下艰难地过来，如释重负地坐进我里面的位置。“这车要到沙河换车。”爸说，“我知道，问过开车的师傅了。”“嗯。”好了，回家。呵呵。

三

城北傍晚时分，路上的灯光总是那么温暖。我以心的距离欣赏这座城和美的景色。我在等候，这种心情确实很适合安宁。汽车在轰鸣，喇叭声此起彼伏，我却不觉得嘈杂。地铁又在驶过。我喜欢听这种声音，就像希望车快些驶入站台一样，而那里有我伫立的身影。这就是我的生活，无穷无尽的日日夜夜和无数个这样的傍晚在我心里落叶纷飞。

城北傍晚的风已经凉了，我的心还在上午那条古朴的街上寻找高贵的痕迹。我是那么喜欢那种感觉。

2010 年 8 月 20 日

在记忆里想念，在美丽里融化

其实，不过在一个街角，那灯火阑珊的夜并不让通往回家的路孤单，我却禁不住落下一行泪，牵绊于心里不能逝去的爱情。北京的风在那样的夜里，温暖地陪伴我冰冷的心，还在我走过的故事里拂上几许馨香。这样的景色有如这般的雨天，在路面溅起细小的水花，让人难以忘记。

一身浅蓝的夏装警服，再罩一件深蓝作训服上衣，从南窗踱到北窗，却不看窗外的雨，只有深情与心一起，追忆渐渐远去的一些执著，不再停息。费玉清“多情总为无情伤”的乐曲飘扬，尘世纷扰，还有永远也飞不过沧海的蝴蝶。人这一辈子的烦恼，不过是曲到终尽时的一把落寞。风在听，雨在听，千里之外的人，你还在想我吗？

曾经走在西山的苍松翠柏间，不问我等待有多久。“多情的人总因为无情伤心。”我不能忘却的是，山路上的安宁淡然得像一缕青烟。何苦执著？却不愿忘记心的缠绵。远处，晨的低吟徘徊，梧桐不在秋的多情里凝眸，真心总因为无情跌落尘埃。深深等候，不该在今生变成一只沙漏，静等爱情消失。想你，我与自己的心唱和，舞起衣角，融化甜蜜的那一曲心愿。街角一隅，有我一生的记忆在徜徉怀念。长安街，有我怅怅的不想演出爱恋的点点滴滴。埋藏，我的眼里只有这一曲伤心，却幸福地等，不问谁对谁错。

2010 年 9 月 10 日 12 时 54 分

《山楂树之恋》全国公映

静秋的悲伤毕竟不够深刻，还不如老三最后一滴滑落的眼泪，让人沉痛得近乎窒息。但这不影响《山楂树之恋》仍然显得那样大气、唯美。张艺谋一如往昔的老辣，娓娓道来一个最干净又震撼的爱情故事。这就是电影了。虽然没有小说的细腻，却让我们的想象美得入画。也只有张艺谋能导得出这样好看的电影。张艺谋之后呢？也许我们只能去看小说了。

老三的魂魄跟静秋，紧紧相随。这是今世的缘分。我真的相信了。心头控制不住悲伤，不禁流下泪来，不管母亲就在身边。只盼望幽暗的电影院不要让她看到我泪流成河。一瞬间，觉得斌在心里隐隐作痛，似乎每滴眼泪里都有他的温暖。我想他，想得痛彻心扉。是老天冥冥中要我来看这部电影吗？其实，所有的等候都是斌送给我的深情，我不该怨恨。

在这样夜的路上，我的心里只有释然。放下刚才在电影院的悲伤，我在这座小城的街道、小区里徜徉着。妈要上厕所，没找到正生气，我说那边没有啊？妈就嫌我说话声音大，训斥我说："你咋呼什么啊!"我听后竟没心没肺地大笑起来。这样的生活算不算平常？我该感谢上苍，让我如此普通地度过每一天。

2010 年 9 月 17 日 9 时 39 分

此时不是彼时的安宁

那天出门，我忘了带伞。临出门时，爸说带着伞，看太阳晒你。我就没听进去。果不其然，上午才过了不到一半，太阳就出来了。

出了南礼士路地铁，我可怜巴巴地说，爸，哪儿有卖伞的呀？买把伞吧，老爸。爸淡淡笑着说，我说有太阳晒你，你不信。蔫儿吧唧的不再多言，我闷头拖着老爸找那个印象中的小卖部。晃了几十米，终于看见了。跑过去问，有伞吗？那个师傅说有啊，四十块钱一把。我说，那么贵啊！有十块钱一把的吗？噢，那种，有。那小卖部师傅倒是反应快，转身在柜台下另一角翻出两把简装伞，掏出一把蓝色的丢给我。我犹豫了一下，想蓝色也挺好看，就拿了。然后，让爸付钱。我正从爸手里拿钱，小卖部师傅突然问我，你是山东的吧？我傻了几秒钟，就嗯了一声，挂了一脸笑：您怎么知道？我这天天得见多少人。小卖部师傅得意得满眼是笑。

拿着那把伞，撑开来。嗯，蓝蓝的，还挺好看。一步三晃地，我跟老爸去白云观。一路上，爸就说，怎么还不到啊。我就说，马上就到了，别急啊。还甭说，白云观这地儿就是福地，拐角卖香才要三块钱，还了一块，两块钱买了一大把香，呵呵。进了观，看见一老外，在内观门前盯着那个看。我站那儿，拿手机拍了一张。那小子才反应过来，也赶紧举起相机拍。唉，没的说。老爸吧，不知道年纪大了还是怎么的，就是看景，一点儿虔诚的意念都没有。教他老人家参拜礼，这样，那样，就是闹不清。算了，马马虎虎凑合了。反正，我也不信道，老爸就更不信了，呵呵。

似乎每次去白云观，都想把它的魂魄给拍下来。那里的景致每一次都不一样。那些燃香带顶的墨黑色香炉，成排地伫立在殿门前，周围的树木飘香。偶尔有一两个穿白衣、黑裤，挽着发髻的道士走过。这里，应该是有喜鹊的。就不知道为什么离开八月的盛夏，今天全没了印象。或者，我只流连那青烟飘渺的安宁，没有期盼喜鹊的飞翔。这可能就是宗教氛围的力量，不管你是否入道。

进观时买票，老爸的老年证预料中的没用上。可还是愤愤不平，别的地方就能用。看来这里很火啊，不稀罕照顾老人家。这好像跟我在观中的心情不搭调。其实，人生就是这样，彼时平静，此时也许就有诸多的抱怨。我们都不能免俗。

2010 年 9 月 19 日 16 时

这个秋天不寂寞

中秋节假期的最后一天，我和老爸去了抱犊崮国家森林公园。一路上并没有看到想象中的秋黄，倒是道两旁的杨树茂密得很，只是枝叶干瘪瘪的，让人不得不想起秋天的寂寥。

一百块钱的通票，因为我事先带好的身份证省了五十元钱，老爸的老年证又给他省了二十五元，我们爷俩七十五元搞定门票。就不知道谁弄的这规定，本地人凭身份证，门票打对折。呵呵，不知道该如何评价。

走在上山的路上，两旁的树木高大粗壮，郁郁葱葱地遮天蔽日。或许是节气还没有到的缘故，山上没有满山的红叶斑斓着蓝天白云下的风景。但依然是风清气爽，这里有都市里所没有的干净的空气。天被树木遮蔽得几乎看不见了，一些白色的小花就愈发显得清丽，零星地散落在道旁的草丛中随风摇曳。上山的石阶也让人体会到一种少有的安静和悄无声息的风情。我款款坐于石阶旁，留下一张漂亮美丽的照片。随即翻开手机查看，嘿嘿，老爸的摄影技术还真是见长。

从三清观出来，绕山是一条才修整的平坦的石板路，蜿蜒着沿山而上。旁边就是陡峭的山崖，往下瞄一眼，就会眩晕不已。我胆战心惊地尽量靠窄小的山路里侧走，还不时提醒老爸小心，不要掉下去。好嘛！这个绕，心颤颤地走了半天，终于走到了上山口。正遇上一个旅游团，闹哄哄的一群人。那女导游是真瘦。你想啊，每天一趟，哪怕是一星期一趟爬山，想不瘦都难。这天底下做人，真不是一件容易的事儿。

开始沿着陡峭的石阶往山上爬的时候，才知道天哪，我是来玩儿的还是找累来了。还不敢回头往下看，一看就晕。这上不得下不得，后悔呀！可是来都来了，上吧。不过，爬着，爬着，就禁不住快乐起来了。因为时不时地，石阶两旁就会看到长得浓密烂漫的黄色山花，一朵，一朵，挤挤挨挨地开满了你的视线。我搞笑地让老爸坐在花丛边，举起手机给他拍了一张。

老爸坐在那儿，手里拎着水杯，特气定神闲的样子，边上就是烂漫的花丛。呵呵，多少年以后，他再回想起这一幕，不知要生出多少感慨。然后，我也坐在花旁来上一张。嗳，就是漂亮啊。温婉端庄、休闲随意的装扮——格子衫、牛仔布的短裙、李宁牌的运动鞋和耐克的棉线袜子，还有暗色的双肩背包放在一旁，包的一侧露着粉红色的水杯盖。这样的场景，或者一生只有一次。

抱犊崮的秋天还没到最美的时节，但已是山果累累了。从山脚浓荫的路上仰头看上去，栗子树毛茸茸的果子密密地挂在枝头，只恨不能抱回家去。下山的时候可没这么惬意，只下了一步，我就坐在石阶上不敢动了。好在有老爸跟着，就紧紧抓着老爸的手。老爸使劲儿攀着我的手，只盯着石阶不看下面，一步、一步往山下挪。下到半山，终于不那么陡了。再看山下也不晕了时，我松开老爸的手，长出一口气，跟老爸感叹，好险，没在山顶丢给人家三十块索道钱。老爸笑了。

回去的时候，可巧还是来时的那辆车。不过坏在那里，车的一只轮子被石块垫起来，停在大门前。问售票员，下一班车什么时候来，那长发女说，早呢。我们想去旁边的小饭店吃饭，一盘炒羊肠竟然要十五元。算了吧，我跟老爸说。爸也说，不吃。老爸又去掰人家晾晒在地上的带壳的花生。问多少钱一斤，人家说了，他却嫌贵。老爸把掰开的黑色花生米丢在花生堆里，又去拿一个要掰。我赶紧说，老爸别掰人家花生，走吧。老爸条件反射似的丢下花生站起身。拉着老爸转身去等车，却看见一辆小面包车从山下开了上来，停在我们坐过的那辆车旁。车上下来两个人，拿着工具就去修那辆坏掉的车。好了，这下有救啦。不一会儿，车修好了，大家上车，开路。

快过道北的时候，我说，老爸，咱下去喝羊肉汤去吧。老爸说，好。说时迟那时快，我大喊，哎，师傅，我们下车。和老爸下了车，就直奔道北羊肉汤馆。不用说，一斤凉拌羊肉，馋啊。再来两碗免费的浓浓的羊肉清汤，两张松软的大烧饼。那叫一个解馋。吃不完的带回去给老妈吃，也给格格捎带了两块，一点儿没剩下。过后还想吃，我以为妈会给我剩下一点儿啊。结果，妈对我说，狗碗里还有一点儿。我一看，就是点儿羊肉汤汁泡的馒头，哪还有一星半点儿的凉拌羊肉。

2010 年 9 月 25 日 11 时 29 分

散淡的秋天开始冷了

早晨，冰凉的风冷飕飕地灌进衣服。才不过深秋的早上，就冷成这样了。想着《黎明之前》的一幕幕场景，那样的生活有着不同一般的深刻的吸引力。毕竟不是过去的年代，我们是不是可以保有一颗淡定、沉稳、执著的心呢？那是对事业的追求。但现在我们谈起理想，又该是多么奢侈的字眼。搞不好，会被人说一句，你有那能力吗？

石榴树叶开始散散落落地发黄，没有想象中的美丽。大队养的公鸡在院子角落里扯着嗓子叫，此起彼伏。地里种的萝卜大概可以吃了，还是甜丝丝水水的记忆。应该去拔一个，却懒得动。鸟儿由远或近地鸣叫，喜鹊就不知道躲到哪里研究消息去了。突然觉得很没劲，满耳朵的俗世现象，但又不能期待自己飘逸得像一缕风。这个季节不是玩儿洒脱的时候，太冷。就没劲些吧，待在办公室里想想遥远的城市或者已有的斑驳的街景。人在不在那里，就没有什么关系了。

我还是有一些理想的，但好像宁愿在淡漠的湖边驻足凝望风景。那湖边馨香的花蕾只能是春天湿润的记忆，跟眼前这样的秋天不搭界。不搭界的事情我就不愿去想，太费神。想自己现在听听音乐都觉得累，以前的激情好像在这个季节消失得无影无踪。还好，我还能敲些喜欢的文字，我的灵魂还在。就不要去想那飞不过去的沧海了，隔着距离的美丽总还是美好的。这就不错啦。我们不能奢望太多。就像今天是阴天，明天会有太阳吗？明天再说吧。

2010年10月15日9时57分

这个深秋的苍黄

是不是有一种生活节奏是我们向往的，却永远也走不到那样的场景里去呢？听着一首温婉的歌，手心里的温柔像一袭盛开的山菊花，舞起满山的阳光烂漫。这样唱和着，不去勉强你的容颜或远或近，让淡淡的眼神深沉到那远去的故事的角落，又或是一扇敞开的窗和门。

会有一种誓言，坚定地执著着天际的苍黄。就好像遥远记忆中的炊烟，在清晨桂花馨香的空气里飘散。只是到了眼前的深秋，除了一个雅致的故事，我们看不到地老天荒的真诚。不变的誓言抵不过时间的散淡。两个相爱的人，有谁知道，在哪里相遇而不会忘记把对方的手儿牵。

去那深山的蜿蜒路上走一走，清风飒飒，或者遇见久远故事的一个泛白而发旧的场景。对爱的依恋，在这一幕幕戏剧的人生里荡漾着暖暖的情愫，而不用伤感郁闷。你看白云藏进了蓝天，那是另一种淡定。就如那发旧故事的沉静般的力量，我们不是一样看得风生水起。

相对无言，也是距离的期盼。深秋的风在温暖地祝福到白头的誓言。而我在我身边的故事里徜徉，与那发旧故事的一个或另一个场景融汇成一湾清澈的溪流，还有飘零的黄叶斑驳了一季的风景。就让转回脚步的身影凝成一幅忧伤的画面，直到誓言实现的辉煌，哪怕荒草萋萋。

2010年10月20日11时15分

我心爱的格格死了

格格一直就是一条漂亮秀气的小母狗。德国黑背狼狗里，我还没见过像格格这么漂亮的。它今年十二岁了。

格格总是踱着它胖胖的毛茸茸的屁屁，在家里、院子里晃来晃去地巡视。家人不管谁从外面回家了，它都会懂事儿地在门里迎接，晃着大尾巴、背着耳朵，向你笑。还记得那个冬天的傍晚，我坐在院子的楼梯上。格格走过来偎在我身边，把毛茸茸的头和湿漉漉的鼻子拱在我怀里，跟我要玉米肠吃。我把手里的半截玉米肠放在它嘴里的时候，它高兴得把嘴拱在我手里。可前天它什么也吃不进去了。我不知道，它就快死了。昨天下班回家的时候，格格憋喘得那么厉害，还没忘了到门口接我。可就是这晚，格格死了。就在我眼前，瞬间停止了呼吸。我拼命地按压它的胸口，妈在最短的时间里给它打了急救针，也没能让它再活过来了。它的眼睛都没有闭上。这个家里有那么多的疼爱，它舍不得走啊。

早晨起来，天还是黑的。家里的窗都开着，格格静静地躺在电视机纸箱里。风从北窗进来，又从南窗穿堂而过，冷得彻骨，阳台门也是开着的，只为能好好保存格格的尸体。我加了一件黑色毛背心，还是觉得冷。我的泪流干了，这会儿又控制不住地落下来。我告诉自己，斌离开我的那个时候也不过如此。不要哭，可就是一遍、一遍，无法抑制住从心里往外的悲痛。眼睛已经哭肿了，老爸难过得直叹气，老妈早起又哭了一场。我们都尝试着让自己接受这个现实——格格离开我们了。

我再也看不到格格趴在沙发上啃蹄子的样子了；我再也看不到格格吃饭的时候把碗拱得转来转去的贪吃相了；我再也看不到格格跳上沙发、前腿搭在窗台上、立起身子冲窗外的敌情汪汪大叫的样子了；我再也看不到格格一扭、一扭走下院子楼梯的样子了；我再也看不到格格站在家院子里抬起头、微闭着眼嗅那些渗在风里空气的味道了。格格再也不会在阳台下的角落里时刻警惕有人偷看它撒尿、拉屎了。格格真的死了，我必须接受它已经死了的事实。不管心有多痛，生活都要继续。有一天我也会死的，爸妈也会死的。当然，斌也会死的。

2010 年 10 月 21 日 9 时 46 分

那些格格的记忆片段

每天早晨，格格都会拱开我的门，到我房间里来溜达一圈儿，叫我起床。如果我赖床，它就会蹲在我床前，拿爪子扒我——起床了！有时候看我实在困得要命，就不管我，转一圈，就出去到客厅玩儿去了。然后，等我起来拿鸡蛋给它吃。

格格每天临睡前，都会准时到外面阳台下撒了尿，再上来。不过，有时它会捣蛋，不准时出去撒尿，只是做做样子，到院子里转转就上来了。到了夜里两三点钟了，它才会忍不住想撒尿。怎么办呢，大家都睡了。格格会跑到妈睡觉的床头，用爪子扒老妈的胳膊。妈就醒了，没办法，硬撑着起来给它开门出去撒尿。好在格格这种捣蛋的行为并不常见。多希望小格格还活着，哪怕天天夜里两三点钟给它开门出去撒尿。

我喜欢给格格拍照。每次我拿着相机去院子里，格格就会颠颠儿地跟着我一起去。我说，好了，别动。它会特有明星范儿地蹲在那儿，仰着头让我拍。每张都那么漂亮。有一次，我把它抱到老爸的摩托车车座上给它拍照。它也不动，就听话地坐在那儿，爪子紧紧地抓着坐垫。记得那次我特搞笑地拎着它的耳朵和它一起拍照，可它就是很配合地龇着牙笑。而这样的记忆，再也回不来了。

格格有时懂事儿得让人心疼。记得斌离开我的那会儿，我忍不住地悲伤。老爸就在旁边一边劝我，一边咒骂斌。看到我落泪，格格会马上扑到老爸的腿上阻止他再说话，然后转过身来舔我的脸。从那次开始，我一直相信，格格能听得懂我们说话。其实，格格聪明得要命。一家人没人拿它当狗，都以为是我们家的一员，拿它当人待的。可是，它死了。它静静地躺在冰柜里，那么安详，就好像永远睡着了。

想起格格，我就会忍不住流泪，心痛得像要死去一样。我第一次感觉到，面对一个生命的逝去是那么无助。我还能做什么呢，除了痛彻心扉的思念，我什么也做不了。我和爸妈在慢慢习惯没有格格的日子，可它早与我们融为一体了，它的魂魄永远不可能离开我们这个家。不愿看到爸流泪，不愿看到妈流泪，就让我一个人把泪流干吧。格格，你一定要转世投胎，再回我们家做我们家的宝贝狗，一定要记得。

2010年10月22日9时35分

今天风儿沙沙响起

我又失去了一个挚爱，就像黄叶飘落的路上再没有温暖在手的感觉。这样凄冷的阳光的上午，心随着优柔的笛声，仍然无法安静地思想。不，是难耐的泪水，不断滑落面庞。

格格走了。依稀的记忆中，我掰着格格的嘴，来，笑一个。格格就象征性地咧开嘴，哈，笑。那听话的样子，时隐时现。我试图合上它睁着的眼睛，但它的眼睛还是那么睁着，不肯闭上。格格再不能陪我度过难受的时刻，让它毛茸茸的大脑袋偎在我怀里，然后抬起头，亲亲地舔我的脸。

还记得格格看到我手里拿着好吃的东西，就会跑过来蹲在我面前，把胖蹄蹄儿放在我手心里，然后，期盼地看着我。我会不忍心地把好吃的放在它嘴里，看它快乐地三下两下吃干净。还记得格格那么喜欢我的床底。常常我一开卧室的门，它就跑到我床下趴着去了。我一直想不明白，那床下有什么好待的。还有我的书桌底下，也是格格最爱趴的地方。经常在我玩儿笔记本电脑的时候，格格就会溜达过来，趴在我桌下，一动不动。

从格格死的那天起，每晚我都会梦到它。我不能一刻停止去想它。悲痛总是止不住地突然袭来，接着就是泪流成河。我轻轻地一遍遍呼唤着格格的名字，才能止住心里的痛，却止不住眼里的泪水。风在外面沙沙地响，我心里却是不能释然的沉重。没有格格的日子该怎么过？斌，我该怎么安宁地等你？

2010年10月25日12时34分

这个季节终会结束，再春暖花开

我待在偌大的指挥中心空荡的办公室里，就这样安静地伫立着，在《卡萨布兰卡》的乐曲声中，看着窗台上那个酸木瓜在青透中泛着发黄的悠然，对窗前的一切停止思想。

我漠然地在麻木中寻找自然的法则。然而，我不能听从心的召唤，因为痛会折磨时光的色彩，而不管深秋后冬的凄冷正瑟瑟地袭透衣衫。只不过午后的阳光暖起来了，自然不如清早冷得厉害。这时，就不会像早上一样渴望想要开空调放暖气。其实，人有时候就是这样，挨一挨就过去了。冷，自然就成了记忆。尽管这记忆是那么短暂。因为明天又是一天，周而复始，直到这个季节结束，再春暖花开。

一缕阳光打在桌面上，又渐渐隐去。我却无法在自然发展的秩序规则里，浪漫地想象这个秋末初冬季节的苍茫和隽永。我的心在停滞中隐隐作痛，甚至不能感觉到这种痛楚，只是像酸木瓜一样的静止。意识告诉我，你要快乐。事实是，我也在尝试放轻松。但是，悲痛还是会突然出现在脑海里，让我止不住泪涌。于是，我想象着一切能让我快乐的事情。但唯独不能想象这个季节的景色，我再也没有那种不去悲伤的释然。然而，面对景色，你需要的是拿掉负累、能够融入自然的淡定，而不是悲伤得对一切都失去兴趣的落寞和难过。我注意到了桌面上的那一缕阳光。就像经过早上短暂的清冷，阳光终会使天气暖和起来一样。即便是冬天，也难逃自然法则之下的情感。

人的一生中总会失去一些什么，自然的规律谁都无法逃避。或者，悲伤就是自然赐予我们的礼物，让我们不至于崩溃了理智的堤岸。相对于公众的法律，自然法则更能听从生命本能的意志。在这个刚刚到来的冬天，我们通常会喜欢窗前渐渐暖起来的阳光，而不会让意志消散。我还活着，这才是自然的恩赐。而失去的，却可能是记忆给予我的最美好的情感。相对于曾经的景色，它更值得记住。但眼前的生活，我依然会去珍惜。一时的麻木，也许就是顺应自然的安慰。我还能拿起那个酸木瓜，闻它在暖暖阳光里沁人心脾的香气。这就是自然最真切的情感。一切都会好起来的，我相信。

2010 年 11 月 4 日 10 时

春花了悟

春花似乎没有悲情的色彩，却是短暂的。大悲咒在这时响起。可是落花与水面的温柔流淌呢？尘世不过几十年，好像每年春天樱花漫天，最后都归入了腐败的尘土，抑或流水时光。

想起内网一些人和自己拍摄的樱花和丁香，都是美极了的照片。像这样，我们能留住多少春天的记忆？不过是许多的放不下和不能彻悟。春去春又回，世事轮回，明年也许会更好，花开得会更艳。但我们往往留恋眼前的美丽，谁知道以后是什么样子。佛会说，没人有预知未来的能力。

是不是只有桃花才能够明了尘世的烦恼，就那样粉粉地开了，再散尽，然后长出新叶，再结出果子。一如人生的漫漫红尘，到了，终会有一个结果：或者幸福，或者悲伤。

听，晨钟响了。没有烟雾飘渺的佛殿，我们可以与阳光共舞。即便像花一样飘落，又如何？纵然逝去，也是经历过了。谁都不能否认那是一道很美的风景，是不是？

花儿，落满了池塘的水面，我却不悲伤。这就是春天的心情。

2011 年 4 月 20 日 16 时 40 分

与传奇对语

近六月的天气，石榴花在怒放。望着这美丽的生命，我似乎理解了安静与花朵原来可以这样彰显人生的色彩。

“只是因为在人群中多看了你一眼”，这一生的路途就变得不再一般。但如果只是一道风景，路过以后便不会想念。然而，故事却不是这样淡然远去。

人或多或少都会有一些梦想，脑海里的戏剧像神马一样期盼不会变成浮云。而眼前的曼妙清雅的石榴红，亲和得如一位挚友，不用任何约定。

日子就在忙碌和充实中度过。掸掉身上的尘土，再拂去心上的蒙尘，不需要改变什么，“我一直在你身旁，从未走远”。

我想起前生是否看到过这样的风景，用不用“一生等你发现”？再和着这温婉的音乐，在心田附一首最深情的诗歌。

生活似乎可以分格成许许多多的天地，你在这里，我在城那边。也许远到千里之外，但就是有望不到边的杨翠沙沙作响。呵呵。

昨天傍晚看到，云漫漫，天边有一缕淡淡灰紫的晚霞。我想，这和城北的云不同，不广阔，但是安宁，只是一样看不到一生的距离。

我这样地相信，人生充满了传奇。一个故事发生了，不是风吹一瓣花朵，落了花红，是漫漫人生路途等你发现的那一道最美的风景。

2011 年 5 月 25 日 14 时 08 分

关于荷花的碎语

秋天的风似乎并不想歌唱，只是凉爽地舞一舞衣袖。间或有黄叶落下了，随着初秋的风飘向不确定的路途。也许还有来生，我但愿今生如荷花妩媚漫天连接。这样的心情不妨淡定从容，让心在安静中融化。

很向往那种素白粉嫩荷花清丽的感觉，在清澈的湖水中驾着小木船徜徉于夏末初秋最凉爽的风中，还有淡淡雅致的荷花香。我几乎想入画了，要怎样才能记下这最美丽的风景？往往就是这样，是想象的美，还是实际的景色更美些，我们通常不去分辨。不过，最终模糊的是记忆，却不是景色。

于是，周末的一天，我穿一件黑色布裙、一件白色丝绸短袖衫、一双颜色几乎淡得隐掉的绿色花纹棉袜，站在烂漫的荷花丛中，却不想是这样的雅致和搭调，就像亲亲的荷花香，淡淡的如一缕细雨里的微风。我就这样，真的入画了。在运河古城旁的这处荷花湿地，几乎不用任何猜想，你就能在娇艳的荷花面前感叹生活的美丽和无尽的厚爱。

快乐地赏完荷花，便在荷花塘中间那种满是芦苇的小溪边边走边拍照，更是兴奋得琢磨着下周要去红河湿地。因为我要的那种入画的感觉，这时更加强烈了。

2011 年 8 月 7 日 11 时 37 分

黄叶飞扬的早晨

黄叶飞扬的这个季节，似乎把清晨阳光的美丽都撒在了清冷初冬的高速公路上。班车飞驰而过的时候，这一瞬间的炫彩景色永远定格在记忆的长河中，不能抹去。

几乎没有什么能摧垮我的意志。就像这黄叶飞扬的早晨，我的心被信念的快乐所充盈。同时，我如此地信任着生活给予我的坚强和宽容。我修为着人生的智慧，只为我心中所坚信的理想不会破灭。直到有一天，遥远的那座城，曾经路过的风景变为生活的真实此在。这不是所谓的哲理，而是信念的必然。如同我拥有了两条最可爱、听话的黑背德牧，这就是生活对我最好的奖赏。以后，还会有更多的幸福坦途呈现在我的脚下。我不奢求，生活却给予。如此，因果便使菩提树下的风吹向心灵向往的终点。

世人说，帅是一种态度，与上帝无关。那么淡定，就是一种境界，与修为有关，更与佛有关，即便你信或并不信仰佛。与人为善，是生活德性的厚重。就好像面对罪恶，淡定是最好的武器。因为罪恶的前方就是万丈深渊，有修为的人都懂这个道理。那我们不妨看一看风景，和满树飞扬的黄叶，一同在阳光里起舞。

2011 年 11 月 23 日 11 时 26 分

一如初相见

风吹过那街道，却不曾有梧桐花落的风景。心上只是随着岁月的泪滴，泛起一阵思念的馨香。我相信，那样的场景在即将到来的春天，还会桐花翻飞，跟着心的向往，去往此在的终点。

乐曲到这里远未结束，馨紫的风舞在春雨中行走，还只是画里的一瓣记忆，不朽着可以看见的幸福。想要站在粉紫花蕾垂坠的岸边，遥望黑喜鹊飞翔的天空。有你伫立的那一刻，我不知该如何言说心里的快乐。我不愿忘记，那宽厚的依靠，会在我的手心里慢慢变成一色，就像初升的太阳。

幸福的绿芽在破土生长，浓密却不疯长。我轻轻用目光凝望这近在咫尺并不遥远的希望，一任心情细水流长。漫长的岁月，可是在回报我的坚持、执著但不奢望。是这淡然的心，在喧嚣的尘世里找到了通往幸福的路吗？答案，就藏在还不肯掀起大幕的人生喜剧里。你的眼眸在梧桐花开放的尽头像一条幽深的路，我才刚刚走到巷口。

在这冬即将离去的下午，喝一杯温温的清澈的水，暖的不仅仅是心情，还有这乐曲飞扬的人生。阳光照着窗户，投进一缕并不刺眼的快乐。我不需要唱和，也能知道遥远的那座城会有的心想和盼望。我不疯狂，却有着不能遏制的默契，一如初相见。

2012年2月27日13时44分

信仰在某处停留

久不去想那个遥远的故事，因为没有结局。没有结局的场景不会有繁花盛宴的等待，而等待是需要信仰的。我常常在桃花盛开的三月，还有五月梧桐花怒放的时节，悄悄地把心中不灭的信仰放在手心，再附上一个深深微笑的容颜，和阳光一起踏上温暖的路途。只是走出的每一步，不为寻觅真理，只为勿忘心安。

曾几何时，我尘封了信仰。但它却像生生不息的春芽，等待着春天来时繁花盛开的十里馨香，熏染了心脾而不至沉沦。这就是希望，是让我们终有一天会变得无比强大的力量。所有的记忆都因这希望而坚强。又或者柔情似水，如小提琴奏出的乐曲，在心上划过一道浅浅的伤口，让记忆清晰，渐渐成为永恒。

我相信，信仰在某处停留。这个春天，仍然包容着理想，努力孕育即将盛开的花蕾。你看，艳红、艳红的枝头曼延，红透了整个山坡。每天路过的风景，时时悄然掀开我安放在心底的信仰，把为之不惜一切奋斗的理想驱赶出来，在阳光下与花一同起舞。风之舞，是不是春天繁花盛开时最美的温暖呢？我如此珍惜这信仰，从不敢轻视它。因为它是可以让我们坚强不屈的支撑。这里有一点点童贞，有一点点浪漫，有一点点为事业奋斗不息的热情，还有一点点不畏罪恶的勇敢。

这条路是如此艰难，有那么一群人，很少丧失信心。这个群体，就是公大生。那条刻在校门口的校训：忠诚、求实、勤奋、创新，使每一个从这里走出来的毕业生都不敢忘记信仰，哪怕再大的磨难，都不会让自己的泪轻易在人前落下。我知道，坚强地在通往繁花盛开的路上微笑着，好好地紧握信仰，不让它在心中失落，是我们的责任，是前方辉煌的必然，也是挫折不能摧毁的利器和结果。

就让我们一起看三月的桃花，看四月的梧桐花开。我相信，信仰一定在人生的某一处停留，像鹰一样在飞翔，自强不息地与云博弈，直至盛夏、秋实的来临。

2012年3月27日13时30分

梧桐花开，不在此时腐朽

风吹起的时候，我耐不住对春的向往，随着理想的脚步，走过那条向北的山坡。

山坡上，梧桐花已怒放成花海，满树的馨紫不曾有叹息。看到那样的花随风动，你永远不可能沉沦，因为那里有数不尽的欢乐和希望。安宁是这个春天赐予我们的最美好的礼物，所以，梧桐花开，不在此时腐朽。

或远或近，总可以看见梧桐花开的馨紫如烟似雾，像极了舞者随风起舞。隐没在山间却掩藏不住美丽的温婉，让人不禁想要接近它的身旁。脚步落在通往那条路的黄土地上，任凭春天的季节把梧桐花变成理想的诗谣，挥起衣袖撒在风中，馨香浸满心田。这个瞬间一如往昔，不会腐朽。花开花落，不由季节成为腐土，再不能涌上枝头花开成海。

拿起相机，试图把记忆留在最初的相遇。美在距离的纠结中挣扎，水柔似绢的画面，却不计较完美的苛刻。一切漂亮得令人心痛，还有缀满树梢的爱怜轻吟不已。我不禁落泪，泪珠落入土中，和着风扬起发丝。然而，这个春天不应该如此。向北的山坡有梧桐花开不尽的幸福。即便无人的山坡伫立着我孤寂的身影，山边的路却通往向北更远处的终点。那是无语的约定，如梧桐花怒放的美丽，永不磨灭的理想在此时彰显着烂漫。

没必要折一枝温婉。离开向北的山坡，梧桐花就美得不留任何遗憾，坚强是它最让人心动的地方。理想在花开时节，描绘出馨紫的曼舞，春雨落下一地的娉婷。我们在梧桐花开成海时，向春天微笑不语。

2012年4月19日13时30分

夏日的秋凉

夏的阳光在核桃树叶后透过一些光芒，好像淡泊如远去的记忆。就好像早起的风凉，恍惚到了秋晨。风吹起黑色棉裙的裙裾，柔软得无一丝羁绊。望向路的那一端，层叠的是坚硬凝滞的冷墙房檐，然后是灰蒙得不见一丝云彩的天空。小提琴曲在心中舞起即将到来的秋晨，泗泗的泪水涌上眼。啊，再不是我的那座城。

那里是夏雨滂沱，还是街上人头攒动？天还是那样高远，云还是那样美得让人不忍转眸。或许，记忆中路边的两棵白桦树仍然相依相偎，黑喜鹊仍依朝阳如约在楼宇间展开黑白羽翅，准时起舞。不再相予，便没有了故事。一切都成了心上浮尘，却能静下心来听这《静谧之美》。这就是一路走来的果了。不算苦涩，但品得出淡泊的甜蜜，丝丝缕缕渗入心底。

窗外是一条宽阔的路，通向你的同样宽厚的心。多想告诉你，秋来的时候，路旁的杨树叶会变成秋黄在阳光之间飞舞，如那座城里的风一样美好呢。久已忘了伤痕下的种种负累，只找一处土地埋入，任其腐败，再开出粉红的菊香。那菊香里该有你温暖而深远的目光，在我的发间跃动。我移动着脚步，不使自己雀跃，轻转面颊，让微笑绽放。小提琴曲静静流淌，我知道未来一定会如朝华初露，只是这过程要消除太多的妄念贪嗔。我在安静地等候，走入那座城。

2012年7月14日15时39分

阳光照在白色亚麻衬衫上

阳光照在白色亚麻衬衫上，泛着温暖的记忆。楼下河塘的波光刺眼着光芒，风吹动着声响。周杰伦的《烟花易冷》把遥远的那座城所有的想念，都推在记忆的门前。“如你默认，生死枯等。枯等一圈又一圈的年轮。”

“烟花易冷，人事已分……”红尘中花落香远。不管是楼下的那株桂花，还是古城中馨香四溢的丹桂，都不能阻止路上杨树黄叶浸染枝头，就像尘蒙脚下的路途，聚了又散。

我打不开那座城的门，城里的风景却为我普洒阳光。繁华不曾在菩提树下停留，而我企图用虔诚的愿望把一生填满。我相信，终会有迈入城门的一天。这一天，却被时光磨损得如此漫漫无期。我没有丧失过信心，但繁花盛宴的那一刻，我与信仰是否还会同在。认真地细数古城墙下的碎碎阳光，不管黑喜鹊飞向何方，只因我早已不再为它的出现欣喜、快乐。

一团阳光落在河塘里，穿过没有果子的石榴树，似乎在审视着生活的前尘今世。落地生根的不一定会结有果子。但在对的阳光里，听一曲最美的乐曲，心中的善果就会不期而至。再等，这样的淡然把前世的缘分永恒。不落，生死枯等。重生的太阳，是这个正午停止时光的轮回。烟花不易冷。

2012 年 10 月 14 日 11 时 26 分

生活如此平静

班车到的时候，在我身前带起一阵柔暖的风。围在脖子里的藕紫色长纱巾立时在我怀里飞舞，我急忙用手去按。也没按住，纱巾仍像水一样滑脱出去，漂浮缠绕着在手背上欲离非离。我索性不管了，自顾自地上了车，坐下。每天的清晨都是如此淡漠，不思不想地去上班。然后，在夕阳还未涌上笑颜的时候下班回家。而迎接我的，总是我那两条傻巴巴的小妮妮儿欢快的笑脸。

兴许是阴天的缘故，有些风冷，水塘里落满了粉红色的樱花瓣，却是腻腻的感觉，全不像电视剧里的浪漫和唯美。可能是日子过得安逸，早没了悲情的错觉。每天平淡，但很舒服。这是小城市该有的格调，我选择了，就不会叹息。就让那些努力挣脱宿命，试图在水塘里挽留一点儿粉色容颜的樱花瓣就此在春风微冷的时节慢慢逝去吧。命运本该如此。

离开窗扉，坐在电脑前留下一点儿文字。再捧着淡紫色的水杯喝一口散发着淡淡玫瑰花香和柠檬香片酸甜的花茶水，看着玫瑰花在透明的水杯中展开柔嫩的花瓣。我有时想，这种平静的生活或许就是我选择留在家乡的原因。这才是我真正想要的，而那座城却不能给。是不是因为真实的感受，于是有人说，回到家乡去，更能赢得尊重。这是无奈的选择，却是握住单纯的幸福最现实的答案。在心里有一处景致，但不一定日日相看。生活像四季的花开，在远处和近处，花香其实并无太大区别。

有些人不远千里来到这里，来到这座小城，只为梦想中的安宁。像那座安睡的古城，优柔却安静，还有古城边静静流淌的河水，山坡上每逢春季浓浓盛开的紫色梧桐花海。既然这里有梦想中的风，即便没有梦想中的尘埃，也不要管是否能落在来时的路上。路总是要走的，停下要看在哪里。活在当下，才能有善的、好的果。我明白，所以接受，并且欣然接受这座小城的平淡。这是我的命运轨迹，不能选择缺失，因为只有那样才能一路花开。

2013年4月19日11时16分

叶在水塘上面漂泊成斑驳

雨后，叶在水塘上面漂泊成斑驳。这种斑驳似乎比往年来得更加美丽。红色的鲤鱼在叶下纹丝不动，好像这个晚秋与鱼儿毫不相干一样。石榴树叶黄得就如这个季节最绚丽的色彩，安静地在树梢、在地面铺成耀眼的金黄。

好久没有这样注视窗外的景色了。屋里暖暖的，空调在开着。这并不影响我对秋的判断。清冷的空气湿润，又有着不易觉察的暖意。像水塘边仍然盛开的菊，生活总是给人再平凡不过、普通不过的惊艳。这是一种幸福，也是一种结果。只要我们能接受这种境界，生活就会给出说得通的哲学意向。我们不谈哲学，但哲学在注视着我们，不管我们愿不愿意。

早晨，我换了条深蓝色的铅笔牛仔裤，套了一双棕色高帮系带皮鞋，上身仍是昨天的烟灰色毛衣和棕黄色格呢休闲薄棉马甲，围了条黑色长纱巾。背着电脑包，站在清晨的风中等班车的时候，我看着黑色纱巾在胸前飞舞。事实上，身边的梧桐树和路上飞驰的汽车不会因为我每天出现的身影改变些什么，一条黑色纱巾的美丽也不能改变什么，只有季节能真正改变心情。这就是生活，由很多我们用心去创造出来的美丽片段组成，但是很平淡，变化也只不过是因为季节的原因而已。

某个时间的早晨，我在另一座城的繁华街道上，也曾有过这样淡然的心情。那时，不知熙攘的人群为何与我无关，天冷了添一件衣或者挽着发有什么不同。一路走来，才明白，生活不过如此。一瞬之间的美丽，只是如晚秋雨后落在水面的叶。一个场景，一个片段，说明不了什么。如果我们觉得那是幸福，那它就是了。只要我们珍惜，时间是可以教会我们懂得的。

2013 年 10 月 31 日 13 时 36 分

日 志

小乌鸦的传说

2008 年 12 月 29 日

那只小乌鸦，孤独地悠来荡去，在紫藤架里栖身。在这个喜鹊成群的地方，它是个异类。

本以为这只美丽的小乌鸦不会招惹到谁，可周一回来的时候，小乌鸦不见了。据说，它流浪去了远方。

有时候就是这样，孤独证明不了你存在的理由。偶然看到新疆维语里“卡卡”是“乌鸦”的意思，我想给这只小乌鸦起名叫作“卡卡”。但愿卡卡不会再孤独了，如果它还活着。

食堂碎语

2009 年 6 月 12 日

中午吃的是排骨，炖得很香。偏偏米饭用碗蒸，大家都端了去直接吃。吃完了的碗再拿去蒸下一次的米饭，病菌不会传染？真的没法说。我索性舍了最爱吃的米饭，只拿了一张烧饼。人总不能跟米饭较劲吧。食堂师傅还问我怎么不吃米饭了，我只说想吃饼。还好，师傅跟芳姐姐她们说下周一要吃水饺。我悄悄乐，那可是我爱吃的。

我的生活没有亮点。今天吃完午饭，出了食堂门，看到旁边花圃满园的小花，粉红色，很媚的那种美。然后是晃眼的骄阳，一路晒过去，回办公室。揣着值班电话去吃饭、随时待命，早成了惯例。中午了，别人在休息，而我仍然要值班。这是责任，没什么好说的。接处警，重大警情上报，忙碌地做工作备案记录，还有忙不完的交办的任务。生活就是这么过来的。我早已习惯了这样的节奏，这样的忙碌。不过，窗外向北，有高速公路的风景可以看。是不是很美啊。还有，早春的梧桐，素紫烟云地曼延在整个高速公路上。更不要说五月的艳粉蔷薇在南墙边开得灿烂了。我想，我是快乐的。我把千里之外的心情坠在这流光溢彩上，直到白杨再次于风中轻吟。

办公室的窗

2009 年 6 月 16 日

早晨打开办公室的窗，让空气流动起来。开始凉爽。这样凉爽的空气，会使人安静。微微的风吹在耳旁的发上，打些轻松的文字。

大后天可能有雨，所以会有这样的天气吧。宁可淡淡地写文，只与风景聊聊久远的故事。

人事已非。

一只小麻雀露出脑袋。我敲敲窗，它马上又飞走了。粉紫色的花儿在窗外沉默不语，静雅的美丽自顾自向往着这里不及的那处风景。

风吹着皮肤很凉。我想念他在那里，此刻的心情。

这样淡然地思想

2009 年 6 月 25 日

太阳照在警车前窗玻璃上，发出一团耀眼的光芒。树与气息相对，无语，似乎并不关心车会不会被晒化了。

院子里空空荡荡，池水细腻得如风拂绸面，绿澈澈的看得到底，没有鱼儿游来游去。我想捧一杯玫瑰花茶，在清凉的窗口，观景致于炎热的夏季。

太过淡然，亦会无语。恐怕是这样的。

一件事情的终点在哪里，往往不以繁花似锦为标准。但有多少人能理解这些呢。

我们通常喜欢无瑕疵的美，而过于粉饰的容颜之后又是什么，没有人会去细想。我们喜欢以一种高尚的姿态赞美，但炫耀的却不一定是他人的国度。

美在心中即可，知音虽犹如天籁，倒不是以多少定论。谈谈风景就好，无须其他。

六月的夏季

2009 年 6 月 30 日

远处的山脉，烟尘着远世的回望，另一端却是清澈的空气和绿树的轻摇着的爽朗。再远处，亦是烟尘和山峦。这样的景致，会让人想起许多淡然的故事。

六月的夏季，最后的闷热隔在凉的门窗玻璃之外。

我们还有很多倾诉，想要到向往的他之花园再走出几步快乐的心情。但是远去了，还会再近的时日能在不久的将来吗？

总有一天，我们再回首的时候，会发现，故事远未结束。

今天突降暴雨

2009 年 7 月 13 日

今天突降暴雨。雨下得很大，所以才感觉夏季潮湿的气势。到处都是水，好像汪洋一样。

午饭就请办公室文书王丹代打。不想踩着水去食堂，我那双皮凉鞋可花了不少钱买的，泡湿了怎么办。饭是打来了，是财务的李姐送来的。打开门的时候，看见李姐笑容很灿烂。

这天气，刚才还是暴雨如注，顷刻间就干燥了，一下子热起来。七月天，就是这样的夏季吗？雨后闷热的空气充斥着，感觉皮肤不再凉爽，好像太阳出不出来都没有关系。但再转瞬，天又阴了，水雾濛濛，风凉，树微摇。

雨，又下得很大。

日全食

2009年7月23日

昨天是日全食，再见要在二十六年以后了。枣庄这里可以看见日偏食。偏偏昨天见天阴了，以为没有就没出去，错过了太阳月牙，遗憾得不行。

风吹在身上很是寒凉，天气有些冷了。日全食的结果吧。喜鹊拼命地叫。

有一种百转回肠的音乐自班车前端响起。路上的花色娇媚，每天看着同样的景致，却不曾厌烦。

妈看到日全食了，爸也看到了，就我没看到。小喜鹊不要叫了好不好。

看了芊寻的日记很难过，为她的走不出而叹息。世上是有些无法言说的遗憾的，至于看不到日全食，也就没什么了。

雨落花开

2009年8月1日

笑靥如花，身影是否如花?

都知道雨落下来，一定很美。没人会怀疑这一点。而雨落在花上，就是晴后酣畅的美丽，像一篇文章写成后的感觉。那么，心情如雨，落在如花身影上，就该是另一种风景了。

如此雨后的今天，穿一件灰蓝色的衫和短裤，一色的印花莨绸，美美的去逛八大批发城。

想买带滑杆的透明文件夹，结果还真买到了。金得利的抽杆儿文件夹，一共买了七个，质量好得不得了，夹得很紧。抽杆像我的衫裤颜色，灰蓝色的。

又去买了一个盘和一个碗，微波炉专用，白加橘黄的花纹，也是好得不得了啦。

再回来，在市场买了一只烤鸭，可口，肯定香。

下午的时候，上了公大论坛，发现了自己的个人主页。完善一下。不错，很漂亮。

这一天过得比较有意义。

幸福的暂停

2009 年 8 月 3 日

芊寻和她的他又和好了。看了她的日记，笑了半天。早知道会这样的。芊寻，让人无奈的妞。

想起我整理个人主页的心情，很是怡然的。每充实一些内容，我的快乐就会增加一点。那些彩虹素雅的颜色，仿佛渗入了心底的清泉，开满了甜美的花朵。这是我的主页，幸福得想笑。

是不是宿命啊！办公室的空调又坏了，修空调的师傅已经很难过了。不过，倒是答应来修了。能修好吗，不知道了。

风很凉，没有空调其实也无所谓。突然有了写心情日记的感觉。很是顺畅，又突然戛然而止。好吧，就写到这里，完美得没有任何缺憾的日子还有很多。

好好生活吧

2009 年 8 月 12 日

太阳又开始亮起来了，灼热地照着面颊。这些天，不会再有因为台风凉爽的天气，是秋热的时候了。

“一口清”题库背了四天，背了四遍。到目前，还觉得有背的必要。不是无聊，而是觉得好玩儿。就像夏季炎热的天气偶尔凉爽一样有趣。难得有这样的感觉。

或许是脑子累了，停滞得不想动，什么都不想思考。却有一种放松的舒适，所以还能敲出来些许文字，与几片心情风雅一番。似乎是咖啡香气飘散的氛围，就那么安静地独坐一隅，望着窗外，惬意地让脑中空白，只是满眼的风景。

国庆快到了，还有一个多月。六十年国庆大阅兵一定非常壮观。想着应该写首励志的诗歌，最好不要太冠冕堂皇。最起码，角度要新颖一些，句子要漂亮，节奏要动起来，看得到场景。

好好生活吧，又一个美妙的秋季即将到来。

凉凉的心里有微微的伤

2009年8月24日

手上护肤霜的味道很雅，淡淡的香飘散在空气中。

《黄昏》，像手香撩起静静的河水，流进心底深处，鸟雀无声。听了那么久了。公大那几年，就是这乐曲陪着度过叶落的季节。

风拂在身上，凉凉的心里有微微的伤。

“依然记得从你眼中滑落的泪伤心欲绝，混乱中有种热泪烧伤的错觉。”多少年的小刚，依旧是不变的味道。这种生命力不曾疲倦过。只有小刚这样天才的歌手，才可以把心中流淌的河唱得风生水起。

再相见时，还是那处风景。喜鹊起伏滑落，欢颜若隐若现。

秋雨萧瑟

2009年8月29日

天突然冷了起来，开始下雨。院子地面上，水汪汪地泛着清冷。

我罩上那件黑色内衬格子里的外套，里面是宽松的小黑色连身裙，记得穿上雨鞋。呵呵，漂亮出行了。

很实在地感觉到秋天的意味，到处都是透透的凉意和闲适的面孔。好了，买一只小小的北京烤鸭，又香又便宜。这个周末，比较快乐。

关于景色的感动

2009 年 9 月 4 日

单位的池塘养了一群鱼，红色、黄色，游来游去好漂亮。可是冬天怎么办呢？很冷的，水会上冻，可怜的鱼儿。

石榴树挂满了果，果皮透着喜洋洋的红。诱人哦。到十月国庆，就可以吃了。呵呵，很大的果子。

今天早上，看见喜鹊在林间成双地飞，很感动地想，这天气就是让万物“河蟹”[①]。风暖暖的，有车驶过的轰鸣的声音。远处的山在雾霭中沉睡。

论坛肤色换了热闹的红，和六十周年国庆的气氛很搭调。只是长安街上的花儿烂漫，隔着长长的距离不能相见。我们遗憾地在自己的心灵之巅，与祖国同庆。

我想，也许我是太想念西山叶落那年的泉水声了。索道向山底滑去的时候，也有山峦起伏坦荡在不曾离去的怅然。

这样的午后，我不该想起太多的碎语，就让它在风中摇散了吧。你看，空气中弥漫着一股馨香，风拂在面上，柔和得让人想要飘起来。激情荡漾的国庆，在幸福的果子里沉淀。我们还有许多不曾实现的理想。那样一种音符正在奏起，一条路宽阔地伸向远方。

无可奈何

2009 年 9 月 9 日

这个世界上，好多事情是不能谈结果的，就好像果子里面的核不是吃的，而是碰不得的故事。

人来车往，我们都在想些什么呢？想中秋快到了，果子好不好吃，还是树栽得不易。说来真的很累，但凡事情云淡风轻的不好，偏要称斤论两。你多了，他闲了，某条路也不是每一个人都

① 网络语言，“和谐”之意。

走过的，没必要非得掰开了，揉碎了，找出个平衡点不可。

这样的秋天，却没有时间山野淡然。国庆，还不是一样要过。电视就要买台新的了。不去北京凑热闹，电视里看看六十年华诞阅兵仪式，不比去现场挤人玩儿强。

很怀念那年去西山看叶落满径。只是过了这么久，有些声音不会再从心里若隐若现散落一路叹息了。

安然地过过节吧，没多少天了。不去想其他的。

突然融入景色的心情

2009 年 9 月 22 日

突然喜欢站在办公楼大厅外一侧，闻那草地上的馨香。水塘边的石榴果已经很红艳了。红的、黄的、白的鱼儿游来游去。阳光暖得很绵软，照着榴叶和草尖，泛着光彩。这个季节的心情像是快要被燃烧起来了。我站在阳光里，兀自享受着被晒热的幸福。此时不用言语，一切都是平静的，那么安详。

一支小提琴曲不知何时奏响，温柔地荡漾起一池水。在岸边，散落些花瓣--样的心绪。耳畔，秋风萧瑟，心柔软得想要唱和。只是，这难得的安宁要延续多久，才算快乐。

有一种湿润的馨香在清晨草地弥漫

2009 年 9 月 26 日

控制不住地想去触摸一片干枯的落叶。有一种湿润的馨香在清晨草地弥漫。天空不是很晴朗，有些阴郁，暗沉。

我想，人是不能逃脱宿命的。越是想平静，越是会有突然发生的事情来干扰你的安宁。我讨厌不固定，我讨厌不安稳，但四季肯定是有变化的。那么，春天呢？

樱落一地的温柔婉约，是风的深情寂寥，只是不会永远。

我还能把这一丝记忆变成问候，却不能告诉春的期盼。

喜鹊不会在意天气，高兴的时候仍然愉快地鸣叫，清脆得让人以为有喜讯传来。但风是落寞的，像那片落叶，安静得没有任何忧伤。我们这样生活着，不知道天际那片云彩的心情，又有什么关系呢？因为平淡是无所欲求，是风中摇曳的一朵粉色的花，小小的但是快乐。这就足够了。

我看得见太阳光芒的热情熏暖

2009 年 10 月 19 日

太阳在水中荡漾出一波、一波亮白的光，风轻轻舞动着石榴树和紫藤架的枝条。

我站在窗前，隔着窗玻璃感觉不到风的清冷，但看得见太阳光芒的热情熏暖。秋，是这样安宁。

每一季的秋都是不一样的，就好像黄叶飘落或挂在枝头的美景并不总是出现一样。遗憾中却有相似的美丽，只是每一处涂抹的色彩不同，而今天最美丽的就是阳光。又好像那一季北京叶落尽的冬天，遇见了他。不再有的场景，却已是永恒的记忆。

白杨树伫立的柏油路上，我经过了太多次清晨的淡然和黄昏与傍晚的冷寂。那是默默等待的诺言，却不曾有结果的苦涩。我回不去了，会这样吗？所有的苦难都沉入了那天际遥远的湖水里。而这条路上，仍然会有朝阳温暖着回家的风，吹着落叶翻飞。

想念，却不再疼痛。也许是渴望的欲求化作了喜鹊灵动的羽翼，飞舞在天空蓝色的温柔下，感受秋的萧瑟。我顿悟了吗？不一定。但我肯定不强求不能给我带来幸福的情感了。那样的姻缘，注定没有好结果。斌没有能力给我想要的生活。明白这一点，却付出了痛彻入骨的冤死人的代价。不值得，可人生仍让我走入迷雾、体验心碎的痛苦。消散迷雾并不容易，一路辛苦得想要落泪。但这季的秋是慷慨的，我安宁的心充实了时间造成的所有缝隙。几乎没有了以往的痕迹，我知道这是遮挡生活的一窗轻纱。风吹起时，会有草叶的馨香吹进屋来，尽管是干枯的，究竟不能阻止。但是平静了，我可以安然地看着街上窗外的风景，又或者画一幅意味幽深的丛林。我终是明白了，我是多么的幸福。

我还在这里

2009 年 10 月 30 日

那样的菊，纯白的心情我也有过的。只是逝去的记忆不再张扬。我还会那样忧伤吗？勿伤我心，你再不能出现。

榴叶已经很俏丽了，黄黄碎碎地伫立在枝头，或者落在树下斑驳着一季的秋色里。水纹荡开去，掩盖住鱼儿沉底的身影。我随意地写着这个秋天想念北方城里的柔情和怅然。那条路，霞光素灯的倾城温媚，还有我守候你的寂寞和安静，奏出此时最无遮拦和坦诚的乐曲。

我仍然会为你落泪，却没有伤得痛了心。因为懂了你，落泪是想你的一片碎叶，等你宽阔的肩遮挡去萧瑟的风。宽大的落地窗轻纱飞扬。窗外的街，白杨树飒飒出孤寂的风景。我的心安宁得消失了所有的晨霭。朝阳升起在东方；我，还在这里。

探望的路途不算冷

2009 年 11 月 11 日

叶落在水面上，构成斑驳的色彩。风渗着雪的冰冷，尽管还没有下雪，但天气已经冷得彻骨了。

北京的一切，似乎仍在记忆的圈子里打转。赵杨见到我，很开心，拿着我借给他的警服高高扬起，大声谢我。木樨地校区门口，夜色中，他的面庞洋溢着兴奋与朝气。大病初愈的宋叔对我的到来，自是说不出的高兴。我这个当初调皮捣蛋的小女生在他眼里，已经很惹人疼爱了。当他提起斌时，我的懂事更让他叹息：“那个真的不如你。”这话是斌的悲哀。这说明，斌过得不幸福。其实，生活是公平的，就看你等不等得了。老爸的话最让人开心，他（斌）没有前后眼！

周六去北京，很是不顺利。先是李岩哥的车半路坏在了京福高速上。没办法，拦了一辆去北京的过路长途汽车，扔下李岩哥和他的车，和老爸、大哥赶往北京。你说那个不巧，走到河北又起大雾，结果堵车堵了两个小时。到北京已经晚上七点半了。打了的就去了木樨地校区宋叔家。还好，一切如计划的，不枉此行。回家就顺利多了，早晨没起雾，没下雪，早早就到了永定门长途汽车站。长途车车主看在老爸的面子上，一大堆的行李也没收运费。到家迎春哥也来接站。好棒啊，行李有人帮忙提，好多的书，任务顺利完成。

许多只小麻雀的飞翔

2009 年 11 月 25 日

许多只小小的麻雀在干枯的石榴枝上飞翔，起落。这样的冬日近晚，安宁得没有一丝忧伤。

小麻雀在叫，不知谁按了一声汽车喇叭。空调又启动了，热风一会儿就吹了出来，在房间那一头窗户的旁边，就能感觉到热度。我看着那张牡丹花妩媚的图片，想着遥远的斌有一天会来，然后告诉我，跟我回北京吧，他妈的我可以娶你了。忽然觉得，泪要流下来。

这个时候，总能看到一些美丽的景致，无怨无争。又或者，公大校园柏油路旁的那片核桃林的景色，又是一种衰败的美吧？此刻的那一处风景，又该是怎样的安静。水房边，不会再有我靓丽的身影。学生们熙熙攘攘，那些倾慕的目光和碎语。死胖子呢，不知又在忙着什么。他会记得我在等他，一定会的。“真帅！”我还记得那两个女生经过我身旁时发出的赞叹。那天，我留着齐耳的短发，穿着深蓝的警裤、灰色的警衬，外套搭在臂弯里。我是那样的美丽。即便这样，那时的斌仍然不能与我相偕一生，尽管我还有如山花烂漫的才华。

斌，我想你。

一条狗的逸闻趣事

2009 年 12 月 8 日

那次周二例会前，苏勇苏队进到会议室的时候，一脸沉郁和落寞。他跟另一个民警说，他的狗丢了。我说，昨天下班的时候，不是还见你领着在大队门外玩儿呢？苏队难过地说，就是。我往前走到路那头再回来，就不见了。肯定是让人偷走了。那条狗叫“沙漠”，很可爱的大狗，毛茸茸的，总是一脸可亲明朗的笑意，像自己的主人。

这事儿过了好几天，我还认为这地儿治安实在不好，苏队真是倒霉怎么住这儿！一天，我给各中队下通知，电话打到苏队那里，赫然听到沙漠的叫声。我问苏队，你的狗找到了。苏队说，啊，找到了。我想，也许这狗跑出去玩儿了。玩儿够了，就回了家。但事实远比这要凄惨。

今天又是周二例会。进会议室时，苏队已经在了。突然想起这事，就问，苏队，你的狗怎么找到的呀。苏队笑了起来，特骄傲地说，在那边的沟里找到的。两天三夜，只有那么小的口可以下去。苏队比划了一下。我爱人晚上下班去接孩子，路过那条沟，听见嗯嗯的，赶紧叫我。我去了拿手电筒一照，就是它，沙漠。我赶紧叫了邻居，帮我把狗抱了上来。激动毁了，一夜没睡。听着苏队这近乎传奇的故事，我不禁感叹万分。这时候，没人想那狗怎么度过那两天三夜的，怎么掉下去的，怎么克服可能失去主人的恐惧和小命不保的失魂落魄，还有那没吃没喝、漆黑漫漫的夜。那狗见到主人，一定眨巴着乌溜溜的大眼睛，享受重获新生一般的快乐。此刻，听那狗的叫声，就听得出来。

冬天，就是这样温暖

2010年1月12日

叶在风中起舞。鸟，飞过天空。阳光碎碎地洒落在叶尖，泛出柔和的光芒。北风呼啸着震颤窗棂，而房间里却是暖和的。面颊透出温热，内心空白得一如这冬日，或更像那图片里的塔城雪地，白茫茫，安静得没有一丝声息。

许久没有动笔写点儿什么了，却很喜欢这种慵懒的生活。没有斌，很少想起他。只是每当掀起那一层记忆，发现自己仍然深爱着他，会为他的一举一动而快乐。默默地收集着斌的一点一滴的讯息，许久才出现的一张、一张的图片。注视着他的快乐，我便有无边无际的满足和充实，就好像他不曾离开我一样。

冬天，就是这样的。温暖，人就会快乐。即便无聊一些，也是无妨。听着窗外的风声，我记下一些心想。若干年后，斌，你会想起我的好吗？只是现在已是曾经了。城北的冬已然在记忆之外了。我是那样地等过你，但是你渺无音讯。那时，只不过是城南到城北的距离。还是这样好，温暖的冬日，在千里之外，偶尔想念你。

好像许久不曾回到记忆的河流

2010年1月15日

冬天的傍晚，总是能看到粉彩的天空。从西再到北，深沉，那样开阔、远去的寂静。

好像许久不曾回到记忆的河流。

在北京，在公大的校园里，眼睛常常看到的是西陲的那一角天空。从未有这样广博的心境。我的心里，只有那时眼前脚下的一缕尘埃，为风而纠缠。除了散落一地落叶的干枯，再没有其他。

此时，不在彼岸。而映入水中的花枝清澈可见的季节，已散淡成烟霭迷离的河水幽暗和皑皑白雪。我还在与你有千里之遥的地方思想，我似乎已不再熟悉你琐碎的一切。我倾其所有想要得到的，最后只不过是城北的一抹晨彩和清冷。那遥远的山峦，悲伤得想要哭泣，却连泪痕都消失得干干净净。那心底深处其实是有无法清除的恨的，但我总是选择避开痛苦的深渊。所以我很快乐，很安宁。这就是幸福，你不懂，永远，都不会懂。

我仍然在这里看天边的晚霞。粉彩的傍晚夜空，让我笑容清朗，烂漫着风吹过脸庞的安静。我的生活，还有你的桎梏，但那已经远得不用我再哭泣。我在这里。

下午的阳光柔柔地照着院落

2010 年 2 月 4 日

下午的阳光柔柔地照着院落，而风暖暖地吹着发际，水波倒映着清澈可爱的风景。光影，在门口晃动。

办公楼的东面，传出同事陈德浩神经质的笑声。张洪青队长迎面亲切地笑着，打了招呼，走过楼梯口去水房打水。满红和气地打量我在郭士来订制的套羽绒裤穿的蓝色警裤，说真好，颜色一样的。空气里散发着风儿馨香的味道。沉静悠然的午后上班时间，就这样开始了。

心情是一种绝对放松的状态，安静平和，所以看到的风景也是那样的祥和，几乎没有什么能让我烦恼。这样的轻松，在公大的时候是没有的。充实，安定——生活不就是这种含义吗？这也是幸福吧。总之，我喜欢。

不再渴望回到北京。现在更眷恋的是，和爸妈，还有格格——我那条黑背德国牧羊犬守在一起的那个家的快乐时光。北京，已然太遥远了。城北的梦想，就像城北的清晨，散落了一地的落叶和漫天粉彩的霞光，还有几盏没有熄灭的晨灯。

去香山植物园枝叶漫天的那些山间小路，还是让我很怀念。因为那时的我深爱着斌，却孤独得像一缕风。那些日子，我常常一个人斜挎着黑色长背带的包去山里玩儿。在香山的小路上，总会有几只肥肥的喜鹊喳喳叫着飞上枝头，还有流淌的泉水声。在那样的风景里，我守护着自己的爱情。那时，我没有想过，到头来只是一场空。还是不要忧伤，心头没有泪水的安宁会更好些。

这里的高速路上也有喜鹊盘旋，院落里常有喜鹊飞过。和公大校园里低回飞翔的喜鹊不同。公大，已经成为永远的记忆。我再也回不到那里了。办公室里悄无声息的时候，我会这样想。然后，是一声叹息，也许有千年那么远。

顿 悟

2010 年 2 月 10 日

一个人嘴巴肮脏得像垃圾箱，却还有勇气在如花的世界上显摆。真佩服这种人的无耻。面儿上，怎会那样温和地装样。原来，水真的是看不见底的。

与厚颜无耻相比较，真实做人还是很实惠的。某人抄了我信息简报的题目而让文章入选，我的却被弃用。这个世道有没有公理，什么才是标准？我不知道。现实是有它的道理的吧。我只能宽容地狠狠念那句禅语，心情顿时变得平静。没什么，过几年且看秋叶零落。

空气像下了冰冷的雨一样清冷，风吹着我刚刚洗过饭盒的湿漉漉的手。我在想，吃饱了饭没被撑着，就是天底下最大的幸福了。阴暗的天空沉默无语。

那句话怎么说的？善恶终有报。可这是这个世上最不好笑的一个玩笑。我想念安宁，但生活很狰狞地露出它残酷的面容。我试图宽厚地对待自己的心，也确是这么做的。还是淡淡地活着，春节不是在向我微笑吗。

我的思念已流淌到城北之河

2010 年 2 月 20 日

还是一如既往的虚无，没有是或不是。如此的节日过后，编织的愿望仍然为空，冷冷地嘲讽着这漫天的明媚阳光。而昨天还有黑喜鹊在清脆地鸣叫。这就是传说中的悲哀吗?

突然很想念那年的叶落和斌的那句话。那不是我心力所能达到的。佛是这样认为的吧。我们有了愿望但不一定能实现，它不证明你不优秀，结果却是蒙尘的冷酷。还是那句禅语说得好，过几年你且看长河，还有今日叶落。我们都是人生路途上的一粒尘埃，却是最美丽的风吹起的一枝繁花怒放。我沉默着思想你的一切，我的爱人！你会教我怎样做？尽管你远在天边，这个时候我想起了你所有的好。我是那么渴望你在我身旁。

我会反复听《We're All Beautiful》[①]。这乐曲让人沉静。有想写些东西的冲动。起笔，再停止，我的思念已流淌到城北之河。那里，你的魂魄在静静起舞，我的枫叶婆娑的晨曦跃动的街。我再也回不到过往，我如叶落河面，斑驳美丽的故事就这样消逝了。

灵魂的双生

2010 年 2 月 22 日

在那条春天会开满梧桐花的路上，我遇见了他，胖子。暂且这么叫他吧。

他站在温暖而又清冷的初春的风中，高高壮壮的，穿着很干净合体的深蓝作训服，身上散发出高贵不凡的气度。这在地方普通干警身上很难见到。

他注视着我。显然，他是从那个小小的四合院追出来的。那眼神温和得像要看穿我，胖胖的脸上清朗的笑容就那样淡淡

① 本文意为：一切皆美。

地浮在半空中。

我望向他，内心有种欣赏的静默，但我只是走过去了，消失在路的尽头，任凭他身边那个中年男警官笑得花枝乱颤。

只是这么短短的一次邂逅，我好像发现了我灵魂的双生子，与我如此心宇相通。我们会为相同的一件事情愤慨，也会为同样的一个场景和话语释然。他的眼睛里有那么多的亲和及宽容。我喜欢这样的他，喜欢他干净的衣领和宽厚的笑语。

这一去再没有见过他，我总是梦想着再回到那条路上，再见到他。或许有难言的泪水落在他的面前，而他依然那样的踏实，可以依靠，可以信任。

遥远的城北之南，又到快要春暖花开的季节了。你还在那里吗，你！

这城不在，那城花开

2010 年 3 月 4 日

城外的悠长，好像蔷薇花开时的馨香。粉彩怒放的记忆又似乎临近身旁。你的脚步渐行渐近。想到你停驻的地方，期盼风吹过耳畔，发丝飞扬在面庞，倾听你可能到来的声音回响。

我不曾认为，一地的烂漫花瓣能洒出一路的纯贞，但我想，你会再看到心意相通的默契融化在这个即将上演的春天。我在努力铺垫着一条通途，却不知道在哪里泊下停靠的港湾。我是那么喜欢繁花的浓烈。然而，淡然才往往是这一处美丽生命感动你时的样貌。

“春城无处不飞花。”在遇见你的那个地方，没有这样的记忆，我只是试着描绘一个有你的大美篇章。而我此在的彼岸，总有花开馨香，等待梦中有你的欣赏。会再见到你吗？我无数次地问自己，不管会不会有我梦想中的溪水流淌。你在岸的千里之外眺望，这城不在，那城花开。

一条河流，堤岸缀满黄花

2010 年 3 月 10 日

如何才能说出一条河流堤岸缀满黄花的美丽，还有粉红的玫瑰花蕾，安静地倾诉那最后的风景自心底流淌的乐曲。

堤岸就在那里，一片蔚蓝、蔚蓝的天空，一片清澈、幽然的河水。我常常不去真实地描绘出这种风景，只在脑海里一遍遍欣赏，就像他那天看着我的目光，沉静而悠长。

有这样一条路，通往河的堤岸。遥远得可以到达城北之北。我让《殇》轻抚着心情，绵延那条不曾有玫瑰花蕾的路途，想念他。

胖子，还是这样叫他。他与《殇》契合，融为一体，仿若灵之羽飞上天空。他的一切遗落在了那条路上，再不能抹去因他而留存的记忆。

春天的烂漫桃花渐趋衰败

2010 年 4 月 13 日

我开始大口大口地喝水，但喉咙仍然干痒得难受，好像还肿肿的。这样的春天，不明白为什么没有一点儿温润的感觉。桃花只是烂漫了一周而已，便渐趋衰败，所有的色彩都暗淡了下来。可巧东北下雪，这都快立夏的天气了，却冷得不行。

好久没动笔写点儿什么了。其实，并不觉得脑子空，只因为那些美丽的图片满满地占据了我整个的心，好像不出门就能游遍天下美景。不过，还是我在单位后面半山坡上拍的桃花最柔媚。看着一片片粉红艳丽的花朵，人便融入了从心里流淌出的乐曲中，徜徉不止。

时间过得好快，又到春天了。期盼后山的梧桐花开。美艳的桃花后，就该是它的烟紫浪漫。不久前还在想，小城市也是不错的，比如桃花盛开的美景，在北京就不一定看得到。我似乎安于小城市平淡安宁却快乐的生活了。这也是一种幸福。到五月，再去拍一次梧桐花，应该很美。

不能入静

2010 年 4 月 16 日

抱了南怀瑾的《论语别裁》来看，以为可以入静，但是不能，看了几页就放下了。恍惚想起清莹透彻的菊花茶，一定很香甜。竟不知这书是要心情来看的。在北京的时候，人就沉淀得很，总有馨香的雅致心情。在这里，这个小城市，我却变得无欲无求起来。买买漂亮柔媚的衣服，下载网上美丽的图片，写写清丽的文字。细细想想，我真真有好长时间没有沉下心来读些书了。

视觉的冲击，来得如风拂花谢，很美，但只需看，不费力气。品，就要有深度。像读书这样的事，只看不思想的情形不怎么会出现。所以，我确是有些懒惰了。是太安逸了吗？或许。不知道这是不是也是一种淡定。我更希望那许多清晨的粉彩霞光和傍晚的飞絮落在心里，久久不去。那么，就对自己说一句，我还没有丰富到不用读书的程度。

孤独的堤岸

2010 年 5 月 7 日

两棵梧桐树在春天的季节开出了美丽的梧桐花，孤独的堤岸有一袭潺潺的溪水流过。这，应该是一种幸福吧。

什么时候不再期盼着你的出现，不再伤心空空守候的春天没有你的身影。我是这样淡定了，即便再回到城北之城，也只是偶尔会泪浸湿了心底。那是在即将离去的地铁上，小提琴湾出一片心海；而你已成为我心海的一部分。见不见面，又有什么关系呢。

太阳拼命晒热放在胸前的手臂，或者和暖的春天似乎不忍远去。墙边的粉红色蔷薇也才刚刚开放，春却懒懒地，到了尽头。我还爱着你，习惯了爱你，但不渴望与你在一起。这是属于我的幸福，像堤岸旁的那两棵开出淡紫美丽花朵的梧桐树描绘出的风景。我是那样地喜欢这种风景。

北京已经不属于我了，而我的魂魄却永远留在了那里，就如同你永远留在了我心里。我固执地在那里留下自己的足迹和安居之所，只因为还有一个梦想，一个关于春天的梦想。我不在乎是否能实现，只要证明我还在，我还是那样清丽温婉，心依然坚强。

只有远离你，我才能看见没有你的风景

2010 年 5 月 14 日

又是一个艳粉蔷薇开花的季节。沿着单位院子南边墙垣，满满簇拥的都是艳丽张扬又柔媚的粉红色花朵。这个春天却是不一般的冷，但是，花儿只要有阳光，就会依然开放，而且会开得更深沉、久远。

昨天梦到好多粉瓣繁花重叠的樱花，就不知道预示着什么。早晨阳光出来的时候，向南望去，是满墙的艳丽。蔷薇似乎以沉默在言说，我不是樱花。于是，想起放在饮料瓶里泡活了的蔷薇枝。那种对生命的渴望，才是它给予春天的沁人馨暖，尽管这个春天是那么的冷。

池塘水面开始有了闪烁的波光。风掠过，鱼儿就会游向水中央那两朵洁白的莲花。你看，这就是春天！到处是雅致的风景。在这里，我不必去想北京城北家院子里的淡紫色樱花沉静的身影。但是，我想念那里黑喜鹊清晨飞舞的样子；地铁开过的时候，漫天的霞光一直向北绚丽了整个天边的馨香。那里的味道，是我心底流淌出的，好像转过山脚、和着馨风的泉水清甜。我不在那里，依然有我的诗语驻足。

斌，我的生活是那样的安宁。也许只有远离你，我才能看

见没有你的风景——它们很美丽。

雨，记忆的风景

2010年6月9日

下雨了。雨下得很急。我穿着蓝色的短袖夏装警服和深蓝的裙子，举着伞，走出大队办公楼门厅。站在雨里，就有些冷。风吹着裸露的胳膊和小腿，雨随着风打在身上。刹那间，一种清澈温柔的感觉在清冷中渗透全身。这样清丽飒爽的身影，应该是我记忆中的风景。

我在想什么呢。似乎不再想念城北的晨起、黄昏和宽阔的高速公路，地铁向西缓缓驶过。就是记忆中的公大，也已经淡漠成了一张张照片。我好像满足于安定的生活和工作，无欲无求。闲暇的时候，拍了那么多花朵和风景，会不会是另一种渴望？我以为，那也是我灵魂深处不舍唯美的浪漫。或者，这就是诗的痕迹。

我还会写很多的文字，很多的诗歌，很多的词。我不知道这能记录下我多少的人生轨迹。但有一天，再回首时，我会发现很多的美丽。这就是我的思想。或者，再也见不到他了。那样的风景，在生命中出现一次就够了。想起来，微笑就会浮现在我的眼眸，久久不去。

凌霄花开

2010年6月29日

走着，走着，我一眼就看见了菜地边上的凌霄花开得欢天喜地。透彻的深橘红，让人看了还想再看，妩媚得像变作了长久不落的花魂。

我屁颠屁颠地跑上办公楼，三楼啊。拿了手机，再跑下去。

怎么就那么多的花呢。我一个一个角度地拍，每一个画面都那样美，让我想起曾经高贵无常的风景。

好像没有了回忆。我什么时候变成了一团没有任何欲望的空气，安静地穿行在漫漫红尘里，不知烦恼地散淡。

看着凌霄花，我除了快乐，还是没心没肺的快乐。北京在我的生活中淡漠了，可它分明还活在我的心中。我只是懒了，懒得思念，懒得落泪。

空气那么闷热，太阳炙热地释放着光芒。在凉爽的房间里，我，无语呢喃。一遍遍听着《桂花落》，我的心又回到北方之城，与你牵手的日子。

一些断想

2010 年 7 月 2 日

潮湿的空气扑进车窗。树，清透的绿色，沿着高速公路涂抹一幅雅致的画卷。这种厚重积淀的人生戏剧，不是每天都在上演。就像眼前的这些人，不好说，心里都在想些什么。

一个女人穿了一身美丽的裙装坐在那里。起身后却发现，不过是过分坦白的张扬，有着那么一股粗俗的味道。好像走近了看一幅画，远不如隔着距离和障碍欣赏，虽然看不清楚、看不完整，却要好得多。因为忽略了细节。

天又下起了细雨；雾仍然弥漫着每一丝空气。又或者，海棠花可以娇媚地开在这条高速公路上。粉粉的花朵挤挤挨挨，偶尔出现在翠绿的树丛中，那样一定很美，让人惬意得想要唱和起来，不是吗?

这样的天气，很想去那座城、那条街道，安静地走。只是看，不说话，不用人陪。可能会有一双眼睛看着你，微微地笑，不语。这就是北京，我的记忆不时飘到那条宽宽的街道，去凝望逝去的一切。那些记忆还活着，有一天就会出现在我面前，对我说，你看，这条街那么期盼你的出现——我在这里等了很久。

没有存在的心会在路上吗

2010 年 7 月 8 日

这么热的天，居然刮起了风。合欢和石榴树在窗外狂乱地舞动着树枝。而那枝上的绿色，却温婉得像一个舞者，扬起炎热夏季阴郁的天空里安宁的空气。又是一曲马头琴，在有风的夏谱写已经逝去久远的故事。就如同北京那年的那场风景默默上演，只是欠缺了一个无望的结局。

没有存在的心会在路上吗？我脚步疲惫，或者我已走向停靠孤独的玫瑰花蕾的岸边。那里不再可能与幸福依偎，是吗？我望着自己的心情在问，偶尔落下的答案却是：不要放弃，小女人。你看，马头琴曲不是还在你心里起舞。

很累。安宁，有时候也会让人觉得很累。在北京的那条路上，我想象着会开满梧桐花，甜美会沁着路上的每一丝晨霭；而你，还会出现在那里，凝望着我的眼睛，伫立成一处再美不过的风景。地铁漫长的通道，每每会让我想起散落的梦想，心里还会有一缕情愫飘荡在你曾走过的路上。我在等花开的繁华喧闹，不是集市街道的拥挤，不是高速路急驶而去的冷漠，不是地铁口迎面旋转的风。你在那里，我在城北之南的千里之外徜徉。

西塘的河水

2010 年 7 月 9 日

墨色飞檐的房子耸立在岸边。不过一两步，靠近水的地方，是苍翠浓密的绿树。再过去，就是睡意阑珊的木船静静地停在河中。西塘的那条河并不宽阔，却悠长。阴阴地湿润的天气里，可以捧一杯醇严的铁观音，望着波光琉璃的河面，慢慢地品。

这样的时光，我似乎不能想往，全因为隔岸的幸福遥遥无期。而且，可能是一生都飞不过去的沧海，又或者太遥远的路途。那里的终点也许早就没有了风景。而这西塘的河水，是不属于孤独的。我周身充满了寂寞，尽管安宁，却不能融入这静谧的河的风景。

倒是那波光琉璃的河面，让我心中更加柔软。眼前的荷塘有这样的风景；遥远的西湖有这样的风景；北图外的河也有这样的风景。我在突然凉爽的夏日上午，开始把西塘的河，还有岸边的景色，作为记忆留下美妙的瞬间，却不由心的距离缩短。

我是应该这样品味如此人生的。也许，我是幸福的。

莫不如，搭上北去的列车

2010 年 7 月 10 日

心还在一点、一点地沉。沉下去，就像外面越下越急促的雨溅起绵绵不绝的水花，如五月的梧桐，烟紫馨香。

哗哗的雨声里，车驶过高速公路。似乎，我已经忘记北京的那场雨留下你的伤感目光，还有一丝疼惜，对吗？这样的午后，这样的天气，我却只有安宁和淡淡的心伤。

每当听到这首乐曲，我就不能不让心变得柔软。还有许多的恨，都没有必要了。我如此举起一把伞，由着雨落在它身上，那轻缓的脚步，还是你呵护过的风凉。

莫不如，搭上北去的列车。可是，还是不能。你已不在我的眼眸里无语。你说的那句话，让我永远忘记天空中还有一道残忍的光芒。

听，且听！音乐走进了那条深深的街巷。

章鱼保罗也赢了

2010 年 7 月 12 日

西班牙赢了，章鱼保罗也赢了。今天凌晨两点半的南非世界杯决赛，好像一个魔咒，将那个不算豪华的球场拆解成一出乏味却惊心动魄的舞台。球员、球迷，还有那些政客们。

今天最成功的不是战胜荷兰夺冠的西班牙，而是保罗。我很想知道，它是如何这样精准地预测了八场比赛的胜负。世界杯这部华美的大片，竟然被一条章鱼掌握了吗？但我和所有的人一样，不会知道答案。

定的闹钟，像对德国那场比赛一样没有响。不过，我自己醒过来了。临睡前，那闹钟滴答、滴答，响得震天。我醒转的时候，拿过来一看才一点多。再赖了好大一会儿床，闹钟也没响。我起身到客厅，再看墙上的钟，已然三点多了。打开电视后，上半场刚结束，○比○。张斌胖胖的脸，气定神闲。下半场成了身体对抗，依然是○比○。进入加时赛。荷兰似乎还没有意识到厄运即将到来。就在大家都以为比赛会拖到点球大战的时候，西班牙进球了。伟大的保罗向所有的球迷证明了自己的神奇。而我笑了，因为水族馆那条充满魔力的章鱼。

荷兰的那些勇士们，眼里分明有着悲伤的泪光。而西班牙的斗牛士们，用他们华美的气度和简洁的配合赢得了比赛，因狂喜也几欲掩面落泪。真的，胜利，这一次实实在在地眷顾了他们。

早起，天空凉爽地布满了鱼鳞状灰色的云彩，只在中间露出朝阳温暖的光芒。这场比赛让上班的路途变得美丽，熄灭的路灯漂亮地伸展，向远处。面前是宽阔的公路，一如悲喜的人生。

只有我还守着孤寂看风景

2010年8月18日

外面，被雨浸湿的路面反射出傍晚的灯光。汽车，一辆挨着一辆；鸣响着，地铁轰隆而过。清冷的风扑进窗，打着伞的那些路人已渐渐散尽，只有我还守着孤寂看风景。然后，我走进屋，写下一些心情的散落。

早就明了，远处高速路上的车河里不会有斌的温暖。放眼望去，我却不感伤。很久前，我就学会了安宁、淡然。佛教会我们赏花闻香，不要我们憎恨。因为放下，才会有快乐；别的，交给生活去称量吧，总有因果。

从买房的那天起，我就喜欢听这北窗外地铁驶过的轰隆声，还有那向北的远山和粉彩橘黄的朝霞，以及夕阳。能看得见美丽风景的房子，真的会让人满足。那条车来人往的街道，总能与我的心安静地对话。

我不快乐，也会忘了怨恨。对着镜中美丽的脸庞，我会对自己笑一笑，设想没有什么比年轻到八十岁更让人快乐的事情了。

心中仍然记着南池子大街老槐树的馨香和王府井大街的喧哗及悠然。我想，我一定会彻悟的。那就是安宁。幸福还会远吗？不知道，亦不重要。

我要离开这里了，还会回来

2010年8月19日

如此雨后清澈的空气，我宁愿久久凝望，对面街道一片安然，全不似往常上班时间的拥挤。地铁一趟趟轻松地轰隆驶过。这一切，都在我的眼中沉静。

再望向对面小区楼房的静默，像要舞起来的风语和墨色的屋顶。远山看不清楚了，那是雨蒸腾后的惘然寂寥。却不似盛夏，是秋的清冷淡定。而地铁旁葱茏的杨树，似乎永远不曾执著。我的心，安静了吗？还是与楼下的风景一起，轻语不愿沉思的悟道。

我现在可以写很多心情的碎语。这是最后一天，我在北京的假期。而后，我将回到我的城北之南的那个小城市，继续我的等候。我会仍然怀想这里吗？它分明已成为我生命的一部分。

去床上躺下，心里一阵抽搐，继而落下两行泪，心难受得像要撕裂一般。转过身，泪仍在脸上，却感觉斌仿佛就在身旁。我要离开这里了，还会回来。

爱在腐朽的花里不渝

2010年8月21日

佛语说，当突然的惊喜降临的时候，要提高足够的警惕。我想要参悟透这里面的深意，却不能。或者，是我的修为不够达成悟道的力量。所以，听风去！风却不能安宁。

还有一个月，就可能与梦中的梧桐花开的美景相遇了。不知道是不是真的。这个季节没有梧桐花开呢。呵呵，好期盼那一瞬间的温暖，一定浪漫得像卧佛寺的苍松翠柏，还有那两棵开满花的老槐树再次落花满地。梧桐，毕竟是心中的梦想了。那条胡同，只有他在的时候，才会成为风景。在眼前了呢？或许，只有微笑了吧。是欣喜。在那种时候，是不会，哪怕是一分一秒，去想到禅悟的哲理的。这就是人的弱点。

叹息的思想

2010年8月24日

那天，我梦见了他，依然光彩照人。是因为梦境吧。我不知道应该用何种心情来形容这样的感觉——一种过时的突然，好像不真实的渲染。我很想逃脱出这个桎梏，却是深入骨髓的想念。

唯一没去那里。不是不能，而是所有的时光都被他碾压、粉碎。那些干净的街道，再也不会为我而存在，还有每到春天漫天飞舞的白絮。我已不能拥有紫丁香花开的馨香温暖，回忆也是枉然。只是，谁都不能否认那曾经的美丽人生。

湖水岸边柳

2010 年 8 月 26 日

湖水真的可以稀释痛苦。那样，在眼里就会成为一道风景，而不是生活的点点滴滴，琐碎烦恼。

岸边柳就像是湖水最温柔的伙伴，飘飞着缕缕青翠，抚摸着我们日渐疲惫的灵魂。是不是有一种全然放下的释然？这就是悟道了。我们终归是一把将会撒向旷野的腐败的土。不如与湖水为伴，化解心中的痛苦。我们所承载的烦恼不过那么多。放下吧，丢到湖水里！都是无形的思想，很快就会消逝无踪。

明天，又会是一个清澈的雨天。阴不阴暗，其实并不那么重要。

雨天的澄明

2010 年 8 月 27 日

今天早上，果然是一个水清透彻的雨晨。阴阴的天空，似乎想把所有的心情都变成透明的，干净得只有公路上急驶的车辆和我安宁的目光。什么时候有了这样的澄明和轻松？我会彻悟吗？

还是不要探究心底的思想。这样的平静很好，至少没有负累的辛苦。以前为什么没有如此的心态呢？我摇摇头，像摇落一地的树叶。

又到秋天了，一天冷似一天。俗话说，一场秋雨一场凉。短袖衫就快穿不住了，加了一件作训服上衣。不到下午，却开始觉得热。回来的班车上，就热得不行了。倒是快乐的一路，又是小花盆，又是包，又是水壶。抱一堆东西，仍然快乐。好久没有这样的心情了。

上午，厚着脸皮，跟那个大拿学显示屏输入技术。起初不教，昨天也不教，最后终于肯了。才学了一点儿，然后继续。

突然想念那座城的一切，不似我现在如此的搞笑。那时的我像一缕风，飘荡在那座城，去我想去的大街小巷和山间馨香的小路。我还不曾遗忘。

如此禅悟

2010 年 9 月 7 日

外面高速公路上，车驶过落满雨水的路面发出轰隆的声响，让这个雨天的下午更加冷了。

风在窗外震颤着窗棂，绯红的字幕在 LED 滚动屏上一遍、一遍表演，也并不认为只有我一个观众怎么不好。雨还在下个不停。这样的天气还不能说是秋天，短袖的盛装还没有退去，跟秋叶黄还有想象中的那么一段距离。但是，天是真的冷了。

我抱着《金刚经》，头大地看了半天，才不过翻了几页纸。好像只弄明白了"般若"是什么意思。还是逛逛寺院比较有意思。香雾缭绕，静谧安详，然后再拜拜佛、许个愿什么的，好玩儿得跟什么似的。

接茬再看《金刚经》。这样冷凄凄的天气，不看佛说是语，太可惜了，是吧。

下班的时候，雨大得随风刮起来，水沫子扑到身上，让人躲不及。只好站在服务区宾馆的门厅里，没劲地看着漫天的水。旁边白玉兰在凄冷的风中舞动着树叶，其他人坐在宾馆沙发上闷声不语。班车还没有来，玉兰树只好舞给我一个人看了。

好大一会儿，班车壮壮地疾驶而来。我们冲上班车，长出一口气——终于可以回家了。

比较有意义的一天

2010 年 9 月 8 日

早晨，天冷得让人不会怀疑秋天已经到了。才不过一夜的时间，秋意如此明显了。就昨天，还觉得夏还没有走远。这会儿，我已经后悔没有多穿一件外衣了，只好在大门口来回踱着小步，一任冷风往身上吹。那边梧桐树叶随风可劲儿地舞。一排排的看过去，还真是好看，绿绿的，心里瞬间觉得，好清爽的晨。

班车一路老牛拉笨车地跑啊跑，比平时晚了十几分钟，才来到单位。报完施工信息表，开始鼓捣 word 文档。快把自己拆了，终于弄明白了！我的个老天，我是想把上下行的字对齐，还是想把我自己的眼珠子对齐！都请教到支队指挥中心杨燕平主任和政治处黄娟那儿去了。我这谦虚谨慎，真讨人喜欢，嘿嘿。

忙乎到中午，饭也忘了吃。跑到一楼孙斌副大队长那里拿了值班手机，再跑到食堂拿了个烧饼吃着，又跑回指挥中心继续写日记。啊，还不错。比较有意义的一上午。下午呢，自然是看书了。呵呵，高兴哪。

石榴红了，而生活的偏离总是无奈的

2011 年 9 月 8 日

马上要中秋了。院子里的石榴也是红艳艳的喜人，怎么拍都会很漂亮。只是这样的秋天，让人生出许多感慨。有时候，人的力量很渺小，并不是想积德行善就可以的。勉强总不会有好下场。而好事情总是自然而然，水到渠成的。

错误的错误不会是正确

2011 年 9 月 9 日

当一个人在一件错误的事情里面表现得非常自以为是的时候，那这个人离下一个错误的深渊也就不远了。也许，下场更惨。每一个人都不可避免地会犯错。重要的是，不要幸灾乐祸于别人的错误！你怎敢保证，不会犯他人一样的错误？

桂花在这样的清晨突然开放

2011 年 9 月 15 日

下雨的清晨，院子里的桂花开了，到处弥漫着沁人的香气。四年了，这棵桂花树第一次开花。这或许是个好兆头——花开得突然。莫非，心中的愿望会在今年实现吗？不知道，只是久违了这香气。

打开窗，桂花的香气飘进屋里。深深地吸一口气，似乎连发丝都熏染上了桂花香。就这么想着，有一天，我要一棵属于自己的桂花在自己的院落里生长，并且开花，让香气飘满每一个角落，而我可以在这心灵的安居里起舞。

喜鹊嘎嘎叫着，从窗外飞过。似乎所有的一切，都跟这馨香的天气有关。或许，是我一直相信命运的安排，不可与命运抗争，所以生活总是让我看到人生如此一般最美的景致。

院落里的阳光温暖着孤单

2010 年 9 月 20 日

其实，幸福就是这么简单。你的期盼有了回应，心中就会即刻涌动着惊喜的快乐。院落里的阳光温暖着孤单，小提琴曲才能悠扬起心头的柔情，以及伤感却不落寞的坦然。我的目光停驻在千里之外的思念上，徜徉不止。或者要牵手走过那条柏油路，才能让校园的风干净得没有一丝声息。但这又是绝无可能的事情。我在这里兀自追忆，怀想。你依然是我记忆中永不消失的眷恋。

又是一个中秋。两处不一样的忧伤，仍是相同的感触吗？我不能在你的身旁，但这个秋天残留的花红依然美丽。你该看到，荏苒的光阴流淌着我对你深深的记忆。那是连时间也无法消除的爱情。我还在你的心里紧紧依偎。如果你也在听这首乐曲，你的心也会变得柔软。我们的心是相通的。到现在，我仍然相信，只有你知道我想要什么。可生活是这样现实，我们无奈地望着彼此的目光忧伤，但是不去绝望。在我们相互等候的这一生的路旁，有那样美丽的河流。我常常向往着岸边粉红色浓密低垂的玫瑰花蕾拂开一袖的馨香。我还是这样地爱着你，我的爱人。

有一些风景这样美丽

2010 年 9 月 22 日

好久没有看到这样清澈湛蓝的天空。白色的云像一袭轻纱，把这个凉爽中秋的苍穹装点得没有一丝忧伤。

太阳只是一会儿的灼热，也已经晒得脸庞的一侧热乎乎地发烫。我手里的那把粉红色大丽菊，仍然饱满地绽放着美丽。这是一路的风景，突然的浪漫和惬意让人舒服不已。似乎一切都可以放下了，生活多么快乐。

从未尝试这样过一个中秋节。早起时，院子里西山墙上方的天空清丽得像一首诗，我以最快的速度拿了手机拍下来。一直都有这种感觉，同样的风景不可能总是出现，唯有把它们拍成照片，才能将记忆留存一世。

这个中秋，我出了门，又再回转，就多了一把温情的菊。把花拆开，再一枝枝剪短，插在那个有好看绿叶黄花的玻璃杯里。真的好漂亮啊！粉色的花瓣优雅地挨在一起，我只能感叹生活是如此的给予我眷顾。

这样的中秋，会不会在许多年以后的记忆里泛起一些温暖。我不介意这样的等候有多少孤单和寂寞。你呢，心里也该是不一样的牵绊。深情只是西山斑驳的秋黄和脚边秋天凉爽的风，而这些，已足够让我爱你到路的尽头。

喜欢清透的秋，可以穿上小黑裙，再罩一件短款黑色外衣，背着雅致的单肩大花包出门，就能把所有经过的街道变成图画。我还有什么不快乐的呢。一向的我，就是这个样子。我没必要，也不需要把自己泡在苦水里不能超脱。

如此这样的一个小女人，怀里抱着一把粉红温婉的大丽菊，走在有阳光的路上。你会说，幸福原来那样简单。

这样的伤痛，我竟觉得美丽

2010 年 9 月 27 日

那一年，我在北京等斌。每当站在地铁旁等候，都会有一种凄凉的孤独袭来。我不知道这样的等待有多漫长，我甚至不敢想象这漫长的尽头是什么样的悲惨。我努力让自己相信，我爱着的这个男人有多么值得人眷恋。然而，事实是残酷的。我在北京的所有泪水都是枉然。但我仍然不能停止对他的爱。这样的伤痛，我竟觉得美丽。因为它是斌留给我的最温柔的记忆了。尽管痛，我仍不能舍弃。这或许是另一种注定的缘分，我不想磨灭。

写着这样的文字，我想，有一天再回首，会是什么的感觉。如果斌看到，会不会笑着说，你想爱我到几世？而我会说，这辈子够吗？那时，我会在他的怀里沉沉睡去，再不用去想一路走来的悲伤和叹息。我静静地听这首乐曲，思念着太遥远的距离，却又是我最愿意的安宁和等候。这样的思念不会被冷酷划伤，我越来越喜欢岁月的淡漠。所以，所以我不再走近那座城的风景，只让这忧伤的记忆更久远些，更深沉。

我不断地在身旁的景色里流连，而经过的每一个风景的片段都让我更加坚定。这样的等候不可能总是伤痕累累，最起码，我得到了幸福的安宁。我深爱着的斌，始终在我的心里，不曾远去。

我其实不知道那条路对不对

2010 年 10 月 9 日

不知道生活是不是都像深秋的红石榴的籽儿，一咬下去，就会是溅满唇间的甜蜜。又或像那个在午餐时丢下食堂的活计，跑到办公楼来洗澡的半挂子厨娘那般看得开。

我其实不知道那条路对不对，但我清楚地明白，再身处那片土地，肯定会有我热爱的风景。在这秋天的沉静里，我深深地被桂花浓浓的馨香感动。那黄黄碎碎的花瓣，在树下洒落的不只是心情，还有梦想。而这一切，在公大就不是浪漫的故事所能涵盖的。

我在广场随着音乐起舞的时候，其实是有一种轻松的。那样的夜晚，完全没有压力。谁也看不见谁，除了尽情舞蹈，再不用想其他的。究其唯一的原因，就是又要去那里完成一个理想，而且路途还很坦顺，不尽情舞蹈还能怎样。

电脑中途断了一次电。不过，幸运总是留给有准备的人。随时保存记忆，真的是一个好习惯，让你不会因痛失而难过。在别人因疏忽而懊恼的时候，你却在享受成果的芬芳。这就是人与人的不一样。我想，我已经开始在幸运的道路上起步了。阿弥陀佛。

被《黎明之前》吸引

2010 年 10 月 18 日

刘新杰和谭忠恕的对决，可以让我打发一段时间了。阳光一样地升起来，在水面上洒下一缕金色，似乎想以此抵抗电视荧屏里揪心的节奏和不可饶恕的错误。我想，刘新杰是那个时代共产党人杰出代表的一个缩影，让人敬佩叹服，也让人在心里生出不可抑制的激情。我愿意生活在由他们那一代人用生命和热情缔造出的国家里；作为中华人民共和国的公民，我无怨无悔，我无上的荣耀。

风在飒飒作响，阳光坦然透进窗来。粉红色小碎花的衬衫在黑色罩衣的袖口里露出一抹艳红。我很喜欢这件小碎花的衬衫，才三十几块钱定做的。看见的人，都说好看呢。人活一辈子，并不总是能遇到喜欢的事情。我应该算是幸运的，最起码能拥有一件自己喜欢的衣服。而有人想活着，都不能够了，就像刘新杰的那个年代。

我很少会重复看一部电视剧，《黎明之前》是一个例外。我想，我是被那个年代独特的氛围吸引住了。但那仅仅是吸引，我更为我能生活在安宁富足的今天而感到庆幸。正因为庆幸，我也更加珍惜刘新杰他们那些地下工作者所做出的牺牲。我多么希望很多人跟我一样的心情。

黑喜鹊飞过窗栏，小鸟在鸣叫，阳光烂漫了一室的温暖，而他们却消失在历史的尽头。重新翻阅，已然是演绎。也许真实，才是不能目睹的残酷。现在的我们，该是多么的幸福啊！

这一季的黄叶

2010 年 11 月 7 日

这一季的黄叶，似乎在倾诉对过往的所有思念。也许就是偶尔的看见，才会想起风中清晨黑喜鹊的舞蹈。在这秋黄的结尾，我或者可以挽一袭安宁，而不用注视面前经过的路途上空寂的落寞。

那其实是一段优雅的风景，想象中比看着黄叶寂寥要美得多。就如那天他的目光像一缕风掠过我的脸庞，而我的眼眸只有温暖的静默，伫立在一步外的距离等候他的叮嘱。是不是西海情歌在这样的季节，才会有穿透心的力量呢？我喜欢这样的季节的秋黄，与冬的温暖融合出最美丽的风景。真实、确切，却没有泪和悲伤，只有景色的斑斓和浸润的清雅。

我很想把那瞬间的景色拍下来，却没有那么做。最终，我让它成为了记忆。那些黄叶在冬的某一个清晨摇曳，再随乐起舞。我的等待也似乎变得没有那么遥遥不可期盼。其实，不用在城北之城忧伤朝起晚落的霞光和街景，只不过偶尔经过的瞬间，就可以让一树碎碎摇曳的黄叶浪漫了今冬最唯美的温暖。我还在听，西海情歌风一样柔软的情感。即便再也回不到从前，我仍然拥有我不会磨灭、永远没人能夺走的记忆和淡定的安宁。这是上天赐予我的幸福，我会珍惜着走完这一生。会有一些遗憾，那又怎么样呢。

你会不会用你的脚步溅起
长安街上落叶干枯的馨香

2010 年 12 月 10 日

这样的生活算不算安逸呢？太阳晒热了面庞。我甚至不想给心一个继续存在下去的理由，而只是像河流一样地把日子过成若干个世纪，如果我能活那么长的话。

阳光明媚的冬日，如此的上午，你会不会用你的脚步溅起长安街上落叶干枯的馨香。又是慵懒的音乐，可是一切是那么的静谧。我走过你身旁时，上苍为什么没有让我说话，却把心的默契留在了怎么也磨灭不了的景色里。

不想去那座城的街道上怀念过往的只言片语。然而，你的气息还是会悄悄回到我心的一隅停驻，与我一同听完这首乐。小提琴曲把这间充满阳光的办公室和北方遥远的城市连接起来，使孤寂不能肆意张扬。总是安宁的。我想，这就是幸福。

为什么我从不觉得寂寞呢？或者，就是这样的音乐，这样的记忆的景色，这样不会消逝的柔情在我的生命里流淌。永恒，平静，快乐，还有宽容，与温暖的心和光影交汇生长。

这个冬天不寂寞

2010 年 12 月 20 日

夜色微冷，北京火车南站站台的豪华，让我心情大大地舒畅了一下。这次来北京选择了坐动车，现在看来是对的。动车的价格适中，车厢舒适度也很不错：安静宽敞，穿着漂亮大方的女乘务员走来走去，不时提示乘客需要的食品。我津津有味地欣赏了半天质量上乘的布窗帘，感叹生活的美妙和雅致。

走出龙泽地铁，一眼就看到有卖花的。那个老实巴交的中年男人面前摆了一个塑料桶，里面放满了捆扎成束的各色鲜花。我几乎是本能地拿起一束用透明紫色花纸包装的白玫瑰花。我问，这个多少钱。花匠说，十块钱。老爸在一旁硬生生地说，五块钱。那花匠可怜巴巴，无奈地笑了一下。我笑了笑，没说什么，接过爸递过来的十块钱，给了花匠。花匠开心地笑了，冲着转身离去的我说，这个白玫瑰很好的。我相信花匠的说辞。到家后把花插起来，就是漂亮得不得了呢。白玫瑰配深口透明玻璃杯，放在玻璃桌上那筐雅致的绢花旁边，怎么看都是一处风景。

我一直觉得，我房间靠近阳台的玻璃推拉门边窗帘旁的那个角落，不管从哪个角度拍照，都很好看。临走前一天，给白玫瑰花拍了若干照片，我把家乐福超市外西点店买的老婆饼和金砖面包放在白玫瑰旁，拍了下来。照片很有味道，美得我不行。到地铁的时候，又捧着白玫瑰，让老爸给拍了两张风姿绰约的美女照。白玫瑰漂亮，不枉我辛辛苦苦从北京将它带回枣庄。

至于北京火车南站候车厅，那真叫一个漂亮。在宽敞、灯光幽暗的候车厅里，你恍惚就觉得自己变得高贵起来。再次给我的白玫瑰花和金砖面包（不过咬了好几口）放在沙发椅旁的小木桌上，还有一捧雅雅的绢花，拍了张照片。太漂亮了，想去参展。只是很遗憾没有给站台上的那长条木凳拍张照。下次吧。

生活往往是悖论

2011 年 2 月 12 日

夜里做梦，梦见了斌。还是那样痛痛地爱着的感觉。面对面，仍然不能停止对他的思念。

梦里，我向他诉说着心底最深处的委屈。他默默地听，让我靠着他的肩膀。

在这样的夜晚，我又一次梦见了斌。可是好久没有梦见他了。我希望忘记他，他却像生了根一样，牢牢地埋在我心里，不肯离去。就像以前我在北京等他时，唯恐因为不相见而忘记了他的样子。

早晨醒来，仍然隐隐惶恐。有那样清晰的梦境，而我并没有想念斌。难不成是他托梦给我吗?

早餐吃得也是无味。班车似乎是一会儿就过了新城，再一转就到了大队院子里。

滨州支队一行人昨天夜里就来大队了，今天一大早就开始参观学习大队办过场所和指挥中心监控设施。好多人，像打狼似的，照相机噼里啪啦闪个不停。一屋子的人，我只是闪在一角，安静地看着他们表演，似乎忘记了昨天整个大队为等他们来而忙碌枯燥的一个白天。

到了中午，人都走了。吃过饭，我回到电脑前，记下关于斌的梦。而这个午后的所有思想，都是属于我的。

春天很复杂

2011 年 4 月 21 日

四月的春天，抑或是吉祥的二〇一一年春天。每天都早起，和老妈去光明广场晨练。简单点儿说，就是走。

一天，看见白色的丁香在广场一角开了满满的一片。又一天，看见粉红的海棠一株、一株，艳艳地盛开在广场的另一端。我用手机拍了好多照片，安心地认为留住了最美的记忆。不过一周，花便谢尽了，似乎没有了一丁点儿的妩媚和痕迹。我知道，花开花谢，就如在心中划过的情感的记忆，时间久了，却会更加鲜活，弥足珍贵。

早晨醒来后，忙忙地穿好衣服，再准备和老妈出去走步。开门却看见门外地上有雨水湿了的痕迹。老妈先出去试了一下，结果被淋了回来。外出晨练只好作罢。转念一想不甘心，鞋也不脱，就在家里骑自行车，转腰，踢腿，晃来晃去玩柔力球，然后前折腰，后折腰。半小时下来，活动量比外出走步一小时还大。

吃了饭出门，雨却几乎没有了。等了好半天，班车才来。上了车，班车驶向单位。雨开始淅淅沥沥地飘起来，一星一点地落在我身旁的车窗上。到了半路，突然倾盆地下起来。待车开到大队院内，雨便又几乎没有了，只是细细蒙蒙。

想起那一年的那一天，也是这样的天气。只不过可以穿裙子了，加件薄薄的毛背心就很暖和。然而，心情却是截然不同的风景。

妞妞病了，有些发烧。昨天喂了两次四分之一退烧片，烧退了许多。今天再喂些，就该好了。把药片塞在刻了十字花的鹌鹑蛋里面，下楼。因为下雨了，妞妞被特殊优待，允许待在门卫的传达室里。推门进去，妞妞身上湿漉漉的。看见我，妞妞慌慌地站起身，迎上来。我把手里的鹌鹑蛋送到它嘴边，妞妞马上就吞了下去。好了，完成任务。呵呵，傻妞妞，就知道吃。

我努力善待生活

2011 年 5 月 6 日

空气中弥漫着一股甜蜜的香气。推开大队指挥中心的门，就可以看见操作台上面蔷薇花的柔媚。早上摘的那把艳粉红色的蔷薇花，似乎很努力地想要证明自己的美丽和温婉。这一刻的感觉，与昨晚临睡前突然涌上心头的悲伤不怎么搭调。我清楚地明白这一点。只是，想念好像不比花的温婉及甜香，浸润得人可以止住悲伤，而后淡定地去面对生活。

我尽量快乐地生活。尽量对年少轻狂的傻屌莫名其妙的咒骂置若罔闻，我的修养适时地发挥着完美人生的作用。因为我永远记得一句话：没有人能给你烦恼，只是你的修养不够。

昨晚出去走步，路过青檀路和光明大道十字路口时遇到一只懂事儿的小花狗。小花狗身上是黑白相间的花纹，屁股上和腿上满是泥水。我猜，它是一只找不到主人的流浪狗。小狗乖巧地站在路口人行道拐角处，抬头看看我和老爸。能不能过呢，红灯？见我和老爸没动脚走的意思，小花狗也站着等。好了，绿灯亮。我们赶紧过马路。我回头看小花狗，它愣了一下。我便向它招手，小花狗马上沿着斑马线，跟着跑了过来。然后，到路的这一端的路边草地上嗅着什么。我和老爸又穿越这边的人行道到路的西边，向南回家。转回头，我看见那只小花狗隔着好远，快快地穿过了人行道后，向西走了。

人生就是如此，懂事儿的终归会有好报。学着相信别人，好心人到底比卑鄙无耻的人还是要多一些。

很想与生活妥协

2011 年 6 月 15 日

院子里的核桃树开始遮天蔽日。邵庄棚户改造工地上灯火通明，光亮打在西山墙上，树影晃动。这样黑黑的夜晚，我感叹人生的淡泊。那边小格格小小、胖胖、毛茸茸的身影，拖着那个破旧的枣红色塑料盆转来转去。只有它是快乐的，我却不能像它那样无忧无虑。

这个假期没有去北京，这样安安静静地待在家里也是好的。有小格格让你忙碌抓狂，似乎比去那个没有任何希望的地方要有意思得多。又做了很多条人造棉裙子，长的大摆裙，短的膝上裙，碎花雅致的面料，让人美得不行。再配上白色 T 恤和黑色人造棉马甲，那叫一个时尚。

每天早上起来，先领小格格到楼下院子里撒尿、拉屎。打扫了，再给小格格泡好狗粮，伺候它吃完。当然，还有一碗鸡蛋羹，吃得小格格跩跩的。完事儿了，再到院子里把地扫一遍。这样，小格格趴地上就不会弄一身土了。这两天，小格格养成了一个坏习惯，喝几口大白瓷碗里的水，就把小胖蹄子放碗里使劲往外扒水，玩儿，然后再趴在湿漉漉的地面上。怎么教都不改。发愁呢。也许是因为每次它从下面院子里上楼来，我都要拿湿布给它擦蹄子的缘故？不知道，头大。

老爸、老妈和大哥开车去济南找唐中医看病去了，家里开始安静起来。于是，有了敲一些文字的心情。我仍然在等候那个不着边际的希望，一天、一天，度过还算完美的人生。然后，穿着定做的漂亮的短衫布裙，出去逛逛，还是很不错的。下一个目标，在这里买一栋有院子的别墅，呵呵。

爱情是不能握住的流沙

2011 年 7 月 2 日

湖边的柳，吹拂起的似乎不是遥远的那个城市的悲伤。我的心，像这凤鸣湖上空雅致的蓝和温柔的湖水一样淡然，就如平静不会让悲伤有一丝缝隙去肆虐这湖边蔓延的绿色。当风唱响心之曲时，那曾经疲惫的脚步突然间有了快乐的理由。我不再理想满怀，激情沸腾，好像这小城市的安逸时光不去追逐节奏的澎湃。而记忆，是一首温暖的歌，不需要寻找逝去的伤口。

还是有一些梦想的，不过从不奢望。像这样拍许多的风景，填满等待流逝的空白时光，是不是也很幸福？拥有不一定是结果，倒不如守候院子里的无花果树，还有一树的甜美可以快乐盛夏的每一天。然后，摸摸小格格毛茸茸的脸和胖爪子，再听一首最窝心的乐曲，一天的时光就很是充实了。

爱情是不能握住的流沙。风吹拂起湖边的柳，告诉你，不要在意生活从你这儿夺走的一切。一切终会有一个结果。这个结果，会让你扬起最美丽的笑容。

我即将离去的家

2013 年 7 月 9 日

傍晚时分，才到北京的家。正在厨房把一包牛奶放在铁锅里煮好，就那么随意地瞥了一眼窗外。突地，一只黑喜鹊胖踯踯地扑棱着黑白羽翅，飞到我家阳台侧面空调压缩机位的栏杆上，左顾右盼了一下，点点尾巴，然后飞走了。哈哈，我才到北京，就来给我报喜了吗？什么事呢？

望向窗外，对面小区的楼房灰黑色的屋顶在雨后潮湿的空气中静默不语。一辆银色小轿车缓缓无声地驶过房前的街道，隐没于湿润浓密的林荫树冠之间。街道亦是湿润而干涩的。那些车辆零散地一辆、一辆地驶过，公交车错落有致地排队等候乘客。行人并不多。湿润而凉爽的空气扑进窗来，和着小风扇的凉风，确是透心的舒服。这个假期，即以这样的风景开始了。

一辆地铁轰隆隆地驶进龙泽地铁站台，一辆地铁轰隆又驶出站台。两车交汇，在这清凉的雨天，已是最美的景致了。小喜鹊还在轻轨旁飞舞。这就是我的家，我即将离去的家。

阳光照亮了每一栋楼房的西墙

2013 年 7 月 19 日

两天没有出门。只在太阳还没有落山的时候，望着窗外黑灰色的屋顶，一任思绪连绵不绝，直到向北的远山。

地铁轰隆隆驶过，继而无声无息。稍歇，又是如乐般的汽车轰鸣声。想起刚来时出现在阳台栏杆上的那只黑喜鹊，却再也没有出现。

每天一碗炒卷心菜拌面，倒也自得其乐。再加上一杯牛奶，一杯胎菊王花茶，已经是很幸福的生活了。我抛却那座城，来到这座城；而这座城又是我曾经抛却的。世事变幻，真是奇怪得很。唯一没有变的，就是他始终没有再出现。那就像偶然经过的一道风景，过去了，只留在了记忆里。而今，只有我面对一碗面，独坐一隅怅惘。

阳光照亮了每一栋楼房的西墙，而这里的风却孤独地由南吹向北。一本桐华的《最美时光》、一本柯华庆的《第三次变革》。两天时间不算短，却让我感叹人事的变幻莫测。我一个小女子，又能撑起几许阳光？也许，轻提的紫色裙摆在地下铁吹起的风中摇曳，放下，又随轻盈步履轻柔地漂浮，才是最恰当的景色。

对面街的阳光似乎把这座城融合到一种气质里面去了。那就是安逸。整座城似是在这种阳光里伸展着秘而不宣的理想，而这种理想是微小但不算张扬的。这里有太多的故事，因而从不缺乏寻梦的人。

一些人走了，一些人又来。我在这座城结束一个梦想，而理想之翼却从不曾停止飞翔，就像清晨随风起舞的黑喜鹊。某年、某月、某日的某一天，我会在另一个理想之地阳光照样升起的地方，收拢我的理想之翼，安宁地伫立。那时，仍是这座人人向往的城。

杂评断章

想告诉你，我只是有太多事情要忙，顾不上他，心里难受。身处警察职业这种氛围，有很多事要约束自己。爱他，并不意味着可以随心所欲，因为要顾及他的尊严和前途。可是，你又不能眼看着那些菜蛾子张牙舞爪，不管不问。你说气不气人。我累得、气得都快死了，他却在那儿看着你傻乐。你说，让人拿他怎么办！

大男人都那样，就知道怎么让他媳妇昏头昏脑、心甘情愿地跟在后面心疼他，还特有成就感地洋洋得意——哎！你看，打也打不跑，骂也骂不走，真累啊。

让他高傲一下也没什么啦。问题是，怎么才能知道哪是毛病，哪是爱我呢。为了他那高傲的毛病，我哭得眼泪都不知道有几亿脸盆了；心碎得一地哗啦哗啦的，疼着呢。可他就惦记着怎么让我听话。

有时候，会有邪不压正的事情的。看清楚一个人灵魂的真实面目，真的很不容易。牺牲不一定能换来尊重。飓风来的时候，是否应该摸摸自己的良心，问问自己心头的责任？

其实吧，真不需要知道我是谁。但我肯定是曾经与你们一同度过那几年公大生活的同学。我们的同学情谊，值得我们用一辈子去珍惜。这就够了。真的很想你们。也许有一天全班同学再聚首，我会告诉你，我是谁。因为那个时候，所有同学都会把幸福放在相会的舞台上。

现在才发现，原来盛开的紫薇花是那样的温婉，美丽。

有一天我们走到路中间，会发现幸福是那么简单。

还记得公大那些干净的街道和春天吹过校园的风。我曾经执著地追逐风的脚步，却不得不常常让心安静，只是悄然坐在西区教室，看一本书和窗外偶尔飞过的黑喜鹊。那是一种氛围，如果有可能，会让人永生不想忘记。这就是公大，梦开始的地方，梦破碎的地方。

生活原本很简单，想得太多才会有烦恼。自然面对生活吧！地很阔，天很蓝；前面的路很远，但很快乐。

每年的中秋，团河校区都会有不一样的忧伤。每一年的月亮都在轻轻叹息，那柏油路上的微风已经些许寒凉。拿起手中的相机吧，将我们眼里的团河剪裁出斑斓的色彩。希望所有来这个帖里的同学留下公大今年中秋时节的图片！我们一同怀想美丽的记忆！

不在沉默中老去，就在沉默中永生。继续，继续潜水。

美好就在这条路上。等待不是最辛苦的，辛苦的是人心。我活得简单，所以我快乐。简单的路，走稳就好。

公大的老师多少都是有点儿浪漫情结的，希望完美。但生活是现实的，百姓和警察一样都很疲惫，都要面对生活和工作的压力。你说，要谁理解谁更多一点呢。要我说，都别太介意就行了。就像太阳升起了还会落下去，明天依然是一个温婉的清晨，一条宽阔的路延伸到脚下。

你只是不甘心而已。忘了以前的吧，将来你不会后悔。珍惜现在的，将来你更加不会后悔。相信父母对你的忠告，以后你真的不会后悔。

还矫情呢，你是孩子他妈了，就不可能清纯了。什么叫清纯？就是清澈纯净，又或者单纯。锅碗瓢盆加孩子老公，年纪一大把了，你还能清纯？笑话！

如果她不能容忍你保留前女友的照片，就说明你们之间没有牢不可破的信任和宽容。你还是谨慎些吧。好好想想，你们有没有在一起的必要。要知道，接纳才会有幸福。

我很希望变成一棵山楂树，呵呵，而且是开红花的。

直到你失去一个挚爱的时候，才知道有多么心痛。听句劝吧，好好理解包容、善待你的爱人。就像他说的，你自信些，一切问题都不是问题，不要后悔了，才知道落泪。

你对你自己的内涵自信，对你们俩的感情给予充分的信任，你们俩的问题都将不是问题。过分纠结细枝末节，只会让问题更加难以解决。如果你能摆正你的心态，你老公一定会疼爱、呵护你的。至于别的花花草草，任她有天大的本事，也影响不了你们的家庭。

你应该珍爱的是你自己。爱是对等的。如果你爱他，他不会不知道。如果他想跟你在一起，加上你的爱，一切都是水到渠成的事情。问题是，你要有一种没有他一样可以活得很好的心态。这样一种正确的心态，可以让你对他产生深深的吸引力。如果你时刻怕失去他，他会感觉到，反而觉得是一种负担。男人通常都是怕麻烦的。做一个独立自信的小女人，才会留住你深爱的人。

只知道日本以前是强盗，还真不知日本原来是彻头彻尾的无赖。

有句话叫爱屋及乌。她不能包容你的父母，你包容她有用吗？结了婚更麻烦，还是算了吧。

你女朋友不领你情嗳，想过为什么吗？想过那小子为什么那么凶悍，自以为是吗？有问题的是他们两个人，而不是其中一个。你捍卫自己的感情和女朋友没错，错的是为什么你女朋友不理你了。你要好好想想。也许，这是生活在及时提醒你了。哥们儿，别生气。你需要的是冷静。

爱，有时候是一道难解的谜题，甚至连变心的那个有可能也不知道答案。

读书多的女人，往往都会对“旺夫”之说嗤之以鼻吗？不可能吧？之所以剩，是因为男人不知道珍惜，外加男人极度不自信——宁愿娶一个地摊级的垃圾太妹，也不要一个读过很多书、温婉贤淑的良家女子。

一个人的举动，是可以暴露他内心状态的。如果你发现一个人浑身上下冒出一股痞子味儿，那就相信自己的眼睛，他一定是这样的人。此时，与那人保持距离，是最好也是最高尚的姿态。

一个人一头跌进了臭水沟，却还盼望着有干净水下来！真让人同情。

男人不怕没钱，钱可以去挣。怕的是男人脾气不好，不能包容。如果你想有一个幸福的婚姻，一定不要选这样的男人。

喜欢这种洁白空灵的感觉。一直就好喜欢梧桐姐对生活质量的感觉。对甚嚣尘上的北京来说，你的温婉雅致真的值得一些人反思自己的心态。

人生何处不相逢，相逢不如不相识。过几年，且看沧海几多波澜，是不是这样的距离刚刚好。淡淡地想，曾经的烽烟不过是再回首时的微微一笑。

在遥远的荒漠里，沉淀心的广博。总会有一两个故事，让我们想起更宽阔的风景。这是大地一路尘嚣的激荡和安宁。

只要有人群的地方，就会有复杂的事情。关键看我们是否有正确的心态。尘埃总是存在的，只要心不蒙尘就好。

我只能说郭坤的选择是对的，离开比留下好。因为他没办法了解警察职业的博大和深厚。换句话说，作为一名警察，如果处事摆不正自己的心态，就不能成为一名合格的人民警察。委屈是我们必须时时要面对，也必须去正确对待的事情。受不了，就走吧。不是警察队伍不容你，而是你不具备当一名警察的素质。同样的，律师也需要坚强的心理素质，做不好警察，律师职业一样不能成为你的救命稻草。

怎样和脾气不好的女同事相处？满足她的虚荣，然后让她在虚荣的坑里永远爬不上来。

我们每一个人都很普通，但是谁也不能小觑我们的忠诚。这是在下一个春天开始之前，我们最坚定的誓言。

感谢命运，让我们学会坚守信仰。感谢你们。

流云里一朵玫瑰花——祝福天下有情人终成眷属，白头到老。

如果每一个人，都能像这些牺牲的烈士一样，有一颗真诚、纯朴、无污染的心，那这个世界就很简单了。

可惜的是，还有很多人，像不能正视阳光一样，不能正视自己丑恶的灵魂。

求佛保佑我，每天都有那天最美的风景出现。

我一直很喜欢这种花色的蔷薇花。魔鬼太有心了。生活会给予你最甜美的回报，只要你像发现这簇美丽的花丛时一样有信心。

时间可以成就一个永恒的誓言。那就是，在心里永远为那个曾经的人留住最美丽的记忆。无关乎伤害，还是幸福。

那夜幕下的玄色，是你的心在沉没吧。风在你的肩上落下了一缕寂寞，听到了吗？怎么没有轻拂栏杆，掠去忧伤呢？

与生活讲和，生活会给你一个美丽的场景。这是回报。退一步，海阔天空。与生活讲和，人生从此开始美丽。

小草会被践踏。它保护的是大地，更需要坚强。

斯人如风，那片云在不远处的山脚化作雨。

风景树下的落叶飘落，看见身影临风伫立。因为这一瞬间的注目，所以停下脚步，欣赏它在风中起舞。两个人的精彩，有时候很简单。

假如人生不曾相遇，就不会有记忆中那处最美丽的风景。而与心在时光里飞扬的，是花朵盛开的华彩篇章。那是一种安然的寂寞，却有心灵双生的相伴。

你又不是未婚先孕，紧张什么！还是先学学凯特的风范吧。谁让你是公众人物呢。要我看，是嫌记者免费拍照才急的吧。呵呵。

真相永远不会呈现了，民众看到的只会是不能言明的谎言。现在是埋车头，理由还冠冕堂皇；下一步就是编造安民的实话，而且还是个表面上过得去的说辞，并且要求你相信它。因为铁道部新闻发言人相信了。

现代的不一定就是好的。

要货真价实的证据，才能判定一件事情的真相。

阴谋，有时比我们想象的还要可怕。

这里（台儿庄古城）的古韵透着一种高贵的气度，又和寻常百姓的生活融合得那么贴切。

如果你错过了夏花之绚烂，那你必将迎来秋叶之静美、秋果之丰硕。

不管什么样状态下的“母爱”，都是最伟大的。

这样的好人已经不多了。更多的人，是想怎么摆平自己的面子和虚张声势的皮囊。

院子里的空气是那么安静，风吹着面颊默不作声，却不知海浪深处已是波涛汹涌。脚步并没有什么负累，一瞬之间，不知道前方还会有风景。

信仰在灵魂的深处，无人能剥夺。

只要来自于真诚，文字就不会欺骗我们自己的灵魂。

此时此刻，在坛里众多实力诗者的诗作里我感觉到了一种隐忍的力量。没有比这更让人欣慰的了。

信仰+吃饱饭=正义。呵呵，呵。看鹰去喽。

“风一次次地把目光，刮到树上，碰出声响。”忽然不搭界地想起一处墓志铭：不要怨天尤人。要想喝热水，自己拾柴去。大敏的诗，和这句话有着一样的质朴和深邃。

命运是一支挡不住的箭，落下时，谁敢说伤到的是谁，即便你是在上或者在下。

人总以为自己跟别人不一样，总是侥幸认为自己会成功地从刀尖的这一端舞到另一端而不会掉下火海。狼来了的故事喊到第三遍，就不会有人信了。

汪洋大海中的搏斗：项庄舞剑，意在沛公。

北京的魅力，在于在那里却不奢望，否则即是肮脏。

婚姻是相濡以沫的结伴。走得快的要停下等等；走得慢的紧赶几步。不是谁撒手停下，谁扬长而去，而是有没有在一口锅里吃饭的心思。

也曾想过隐居山野，寻找寂寞的安宁。在风中歌唱，轻和傍晚的山林、淡彩天空。不如做个过客。能写寂寞华丽文字的人，注定不属于山野。

宽敞的落地窗，宽敞的黑夜，对面的街飘过温暖的风。竟有人也有与我一样的风景。哲理的诗句让人心里生根。就像楼下的杨树，会有喜鹊筑窝，在另一个清晨起舞。

要熬一碗香浓的白粥，可是不简单呢。有些人做到了，幸福着。有些人嫌白粥太淡，却忘了放点儿咸菜，于是幸福去了天边，荒芜。

常常喜欢看碎叶散落秋天的风景，有黑喜鹊飞舞。真的不好说，等待是一种什么样的感觉。会心痛的吧。

爱，如此美好。窗外的紫藤花开了。想必那花儿也在幸福着。

有一种人就是这样自私的。问题是，你不要在他的风景里当了真。

钦佩这样的女人的心胸，爱之深切不过如此。如文中之人，有底气的宽容，才是一个女人自信的源头。

起风了，樱花瓣洒得漫天都是。天阴着，看风景在何处。吃完中午饭的时候，樱花落了一地。办公楼台阶上的花瓣似乎成了一抹粉彩，静静地无语。

随乐而舞，那是心灵的怅然之路，却是清澈甜美的。

喜欢这种思维缜密的节奏。你应该有更博大的胸怀和理想。

为什么你的心情这么灰暗呢？美丽的女人不一定有美丽的容貌，但一定有宽大的心胸、善良婉约的气度。

人说右岸蔷薇，左岸玫瑰，差不多的风景，内涵深度却不一样。

风来之，接纳；风去之，了无痕迹。

南城以南是淡彩霞飞；北城以北是炫彩暖阳。你见过这样的风景吗？你的主题里只有乱字纷飞。其实，南城的风景不乱，北城的风景也不冷清。欣赏，即可安详。遇事，千万不可乱了自己的心。这是根本。

那里吹过旷野的风，走过最遥远的脚步。那里在那儿，风说。我们去吗？清澈的河水转过山脚。是的，那里在脚步通往的旷野，与风起舞。

有时候，让你表达的机会有的是，但选择沉默更为合适。生死本不能相随，悟出来的道理要看个人的修养，在人在事。

南城以南，北城以北，这样的路途太遥远。南城以北有炫彩朝阳，北城以南有淡彩天空。这样的相望，才是正途。

生活的帆，随时都可能面对命运掀起的风浪的。

真正脚不沾尘的又能有几人?

我走过一条花色烂漫的河。

房子小没关系，重要的是有了一个起点。你应该是幸福的人，很完满的存在。俗话怎么说的，老婆孩子热炕头。

真相，并不总是让人喜悦。

有一潭水，她想在其中舞，但是不能坠入潭底。道理是一样的，流离的时光终究是斑驳。芊寻，在路上吧，不要坠入太深。

婚姻有父母的祝福才会幸福，这是百试不爽的真理。

爱就在手边，像一件拿起来披在身上的温暖外套。人们往往忽略了。当想起的时候，爱却已经在千里之外。

想念千里之外的风声。那处的风景，有白杨婆娑，碎影在椅旁低吟轻唱。

喜欢狗的人都有一颗善感的心。

公大很漂亮了。再不回去，恐怕要不认识了。多少的眷恋在那绿树成荫的柏油路上，与风相和。

那是一曲风月，不如单纯。你说呢，裙？

一生遇不到好天气，也会有好风景和好心情。

当一个人背身站在悬崖边上，不可一世、前仰后合地冲着你狂妄地大笑不止、满脸筋皮乱颤、嘴里说三道四、唾沫星子乱飞时，不要理她（他）！让她（他）自以为是去吧。因为她（他）的脚下就是深不见底的万丈深渊。

曾看到很多人因一段视频里的Beyond①而热血沸腾，《大地》的传唱也曾经成为一个时代的经典。不管何时，Beyond的生命力似乎毋庸置疑。

---

① 国内有名的摇滚乐队。

闲散的风景也要有恬淡的心情去体会。这样的舒卷馨香恐怕很难去展开。人们更多地喜欢麦当劳便捷适口的美食，一眼就看出好与不好。至于思虑，则是件累人的事情，哪怕很完美，很淡然。

有一处风景能安放下心事就好。如若不能，就看看天空中的白色云朵。云淡风轻，比战场的凄美要好很多。

网络论坛就是这样，与为人无关。大家随性地写文，跟帖，没有压力，远离俗世，不带任何成见。我讨厌那些带着情绪在这里行走的人，永远脱离不开尘世烦恼，在网络也要搞一番争斗。

也许淡然之后，就无法理解那种惨烈的伤痛。但悲伤不会因此就避开而隐入深海。只不过是距离让内心产生更多的宽容，幸福才会在路上离自己更近些。

想知道，记忆是否真的会淡然。

公大校训，不准谈恋爱。不知道吧，校领导大会小会讲的。因恋爱被开除的大有人在。在这里，锻炼你的意志、品德还是可以的。这里会教会你怎样成长，但是有一条要记住：公大不会给你犯错误的机会，一次都不可能。

爱还会回来，你应该感到高兴。但要重新接纳感情，则需要勇气。

我想要传达的是一种积极向上的心态，想要达到的是一种甜蜜淡然的快乐。我想要所有的公大生都感觉到，这里是一个幸福的所在。

一直喜欢这样淡淡地写诗作文，很快乐，很淡然。

在公大还要记住：永远不要踩井盖。否则，你一定会倒霉的。

有时候，与众不同，并不能让你生活得比其他人更幸福。

有时候，飞禽比人类更懂得适者生存的道理。

那样一种乐曲在流动，是思念的花瓣在飘落。无怨，是这样无悔吗？

人生不只经历，还要书写。很多人等有时间写点儿什么的时候，记忆已经淡漠了；有些人感悟到了幸福，却没有能力写出来与更多人分享；有些人有能力写出心中流淌的河，却无法靠近幸福的彼岸。

一面借中国的钱花，一面跟中国作对。美国的这种行为，不得不让人想起长城的墙砖。

你得不到你想要的爱的形式，所以没有结果。就像跟了一篇很好的帖，却莫名其妙地给删了。你说要生气吗？没必要。因为是你自己要来这里的，没人强迫你。就像爱是你自己要坚持的。坚持着索取，不如坚持着给予。爱会在彼岸等你。

校园在内心深处的一角，淡如风，却悠长如山谷中的溪水。我们忘不掉公大校园的美丽和我们在这里的感受和情怀，永远。

我经过一座桥，于是看见了桥下的风景。

有一天我们走到路中间，会发现幸福是那样简单。不管有没有结果，只要在心的一角伫立，只要在眸里飘逸景色，记忆还能存留，就没有什么可遗憾的。

我们是否有时间去理解苏念北日记中提到的幽怨清单？我们没有。我们其实都在隐瞒自己的心情，不对别的什么人，而是对自己。漠视自己的内心，可以让生活变得简单。平和的外表下不会找到幽怨的影子。我们都是快乐的，为什么要让情绪控制了自己。可这确实是存在的，尽管我们漠视，仍然不能够清除。然而，幸福，不是西湖堤旁的闲风素月，可以信手拈来。我们尽量快乐，以便幸福早日出现。我们祈祷幸福的永在，让我们的心变得安静。

天涯是个好的去处，没有哪个论坛像天涯的原创一样寂静而繁华。

你一直在用你的心去写你的人生，坦诚得让人无语。这个世界已经很少你这样纯粹的人了。只是你仍然无法释放你的情怀。这是你心中最痛的地方。走出来，妞。幸福会离你更近，他也会离你更近。

喜欢极了，天涯的繁华和热闹。

忽然有一种淡淡的笑容划过心上。这片风的景，简单得让人心疼。

看天涯的故事，会让人觉得，也许这里就是一潭清澈的湖水，岸边有景致在述说幸福。

爱，走到一定的路程，就是相濡以沫的亲情。爱，终归要回归理性。那是一处港湾，等待倦飞的鸟归来。

很多时候，两个人的距离没有那么远。犹如共守一处安静的湖水，此来彼往，总可以到达对方的所在。只是过程比较艰辛。

爱无须自责，因为爱无罪；爱不必无奈，因为爱过就是幸福。绝望，不在于心有多痛，而是内心无限扩大的沧海胆怯了坚持下去的勇气。爱着就足够了。而幸福在不经意间，就可能回到你身边。只是不要太多想法，淡然安宁就好。

人生的风景线，只能经过一次，还是多次，没有定数。但只要记忆成河，就会有回报。若干年后，我们再回首时，曾经的往事早已如似水流年，而来时的那条路依然美丽。

听音乐飘落空间，弦若心上。

你所痛所苦所在的无非是焦灼，不论你握紧手中的果子，还是丢弃，你都将是幸福的。就看你怎么看脚下的这条路了。芊寻，安好！你会幸福的，相信自己。

所以，你要绑架幸福。路不会绝的，到了尽头，翻过山会有海，扬帆过海会有彼岸，岸那边还有路。总有一处风景会让你停下脚步。也许，这处风景就是你一直坚持的。幸福，好运。

没走到生命的尽头，怎知道输赢？即便生命逝去，仍有记忆存留。只要你足够好，就不要难受着生活的种种。况且得到的未必快乐，失去的未必痛苦。每一个人都有自己的希望载体。你要快乐，坚持亦是幸福。

再好好看一遍《如果我告诉你这片风的景》。这里只有简单而明白的情感，那是真诚的相互给予，绝没有你所说的困惑。如果你不能宽厚地对待你的心，那你就永远走不出你内心的桎梏。芊寻，妞，善待自己的心才是最重要的，不要总想着你的他有一天主动给你什么样的幸福。否则，你就会像菲儿说的那只永远飞不出沧海的蝴蝶。某种程度上来说，这是你自己强加在自己身上的痛苦。你不能看开，就只能折磨你的心。

水遇石而绕行。那么，信仰呢？我很悲哀地看着水枯草谢。那是一种令人心痛的冷漠。我们应该为了信仰，用一点儿时间去思考些什么，哪怕仅仅问自己为什么而工作，尤其作为一名警察的时候，而且是中华人民共和国的警察。

当小提琴乐声响起的时候，这秋歌不知道能不能再深情唱和。常对自己说些琐碎的心情。但每当听到小提琴的乐声，就会有微微的幸福像婉转的河流淌过心底最深处。

此山不让开，别处我发财。

抱枝枯败的菊花，有一种落寞的美。菲儿总是喜欢带伤的美，像一处景致里美丽的魂灵在低吟徘徊却不得归途。

我想不明白这是什么道理，是天上飘过的风，还是地上一堆没有扫干净的垃圾。

人如果按捺不住心中的贪欲和妄念，就会有数不尽的烦恼。但总是有摆不正心态的人闷着头往悬崖底下跳，并幻想着有张魔毯会仁慈地接住他（她），免于粉身碎骨。知道这叫什么吗？这叫业障，会入地狱的。

人千万不要自诩有智慧而以此炫耀人生。智慧有时候是一把锋利无比的鱼肠剑，在最意想不到的时候，刺向你的傲慢。可是，很多人意识不到这一点。把心放空，也是一种幸福的状态。佛说，接纳所有的苦难，然后像风吹过一样了无痕迹。

让你单纯，并不是让你不食人间烟火，而是不要把事情想得太复杂。想得太复杂，就会有烦恼。你要适应社会，把事情变得简单，才会有快乐。

我们都还没有优秀到让社会现实屈服于我们。爱情从某种角度上讲，则是不理智的行为。因此，要么终止爱情，要么理性地生活。

其实，不要被玫瑰刺激到了。玫瑰是用来欣赏的，不是用来受伤的，就看自己的心态了。生活很现实，花与蒂本是相依，即便凋落也是自然规律，关键还是看心态。心态对了，一切都对了。生活的磨难，应该不会影响到一个人对生活的热爱。

我们都关心并且希望一个人快乐。因为生存的本质目标就是快乐。但情绪的积淀也是必要的，写诗就是情绪的瞬间释放。

我有一个很漂亮的玫瑰园，小小的，但是倾注了我很多心血。我小心地把它们栽入土壤，我不辞辛苦地为它们营造家园。然后，每天为它们浇水，为它们施肥剪枝，然后就看到了它们美丽绽放的一刻。这是生活给予我的微不足道但是让我很欣慰的礼物。这就是爱。

“读刀锋做的悼词”（布衣《葬礼》），很喜欢这句：当我们面对无法回避的现实时，唯有让内心更加强大。

夏末的午后，再看这首诗（《看见一枝玫瑰的思想》），不由感叹春花的可贵。即便美丽转瞬即逝，也好过秋果因为过多的雨水浸泡还未成熟就已腐烂要强很多。

璀璨的菊，似拂过心头的一缕风。

“你一定有所不解，一道堤岸的风情。”（《漳卫新河南岸》。作者是一枕落花香）这一句道出了一个浅显而又明白的道理：理解不了的它也在那儿，不增不减。唯有接受，至少承认它的存在。否则，就会平添苦恼。不如放下。花版的诗温婉深邃：一处风景，一处景致，一处情长。

很想把沁人心脾的馨香拍下来，但是不能够。大家只好凭记忆闻香了。

花朵隐去的秋，有很多可以承载的东西，包括幸福。

平常即是美好。

阳光的滋味五味俱全。晚秋的阳光，滋味就更加丰富了。

几片杏叶纠缠着落下，一声鸟鸣。这种至美的场景，是深深落在诗人的心里的。

梅花傲骨，最能涵盖万物精华。有一颗柔软的心，就可以理解梅为什么在寒冬盛开，在春风乍暖时绽放。

寂寥风华皆远俏，平心论道新年来。

“风华”，真的是一个耐人寻味的词汇。

我以一次注视，仅仅是一次温暖的注视，感受空气里浮动的万般柔软。

结局有无，全在心间。呵呵，树有风华，容颜已改。

冬天了，好吗？明年春天再茂盛吧。